残りの雪（上）

MasAaKi
TaChihAra

立原正秋

P+D
BOOKS
小学館

目次

山桜

北鎌倉駅をおりて鎌倉街道を小袋谷《こぶくろや》の方に向って百メートルほど行くと、左側に材木屋がある。里子は克男《かつお》の手をひいて材木屋の前の道を左に折れた。そこからは谷戸《やと》がつづき、道に沿って右側に小さな流れがあり、両側に家々がひっそりと鎮まっている。生家にくるのは四ヵ月ぶりだった。

谷戸の道は山をこえて梶原《かじわら》にぬけており、この辺一帯の山は春は山桜が霞んだ空を彩り、秋は紅葉が斜面を染めた。紅葉といっても楓類はすくなく、多くは黄櫨《はぜ》だったが、あたたかい湘南地方にしては季節の移ろいかたがたしかだった。

道の両側の桜並木が満開だった。里子はふと足をとめ、午後の空に透けるように溶けこんでいる花をみあげた。思いは春の空にひろがっていかず花の下でとどまっていた。生家の人達にどのように話せばよいのか、里子は花を眺めて途方にくれた。苦しみを抱いてこの谷戸の道を戻るなど、六年前の秋、工藤保之《くどうやすゆき》に嫁ぎ生家を出たときには想像もしなかったことだった。

流れには小さな橋がいくつかかかっている。里子は最初の橋を右に折れて渡った。しばらく行くと生家の建仁寺垣《けんにんじがき》がみえてくる。

生家の門の前で数秒足をとめ、朝永弘資《ひろすけ》と書かれている標札を見あげた。ここは父の家であり母の家であったが、里子は行き暮れた思いになった。兄の弘一の顔、兄嫁の牧子の顔がよぎっていった。もっと早く善後策を講ずるべきだったかも知れない……。悔んでもはじまることではなかった。ここは生家であったが、しかし戻るべきところではなかった。

いつもなら玄関をあけ、ごめんください、と告げるなり、さっさと式台にあがりこむのに、今日は足が前に出なかった。ここ一週間のうちにおきたことを生家の人に話さねばならない苦痛があった。

間もなく出てきたのは母の明子だった。

「あら、里子じゃないの。なんでそんなところに突ったっているの。早く入りなさい。おかしな子だね」

「ありがとう。みなさん、お変りなくて……」

「こちらは変りませんよ……」

明子は、なにか言葉を継ごうとしてくちをつぐんだ。ここ一週間あまりのうちにやつれてしまった自分の顔を里子は知っていた。顔をつくろって隠せるものではなかった。

居間にはいり、庭に目を移したとき、里子は心がなごんできた。見なれた庭ではあったが、東京のマンション暮しの者に、樹木は彩りがありすぎた。

明子は茶を淹《い》れながら、牧子は手伝いの幸江をつれて買物にでかけた、などと話した。

庭では馬酔木《あしび》が白い穂をたれ、三つ葉躑躅《つつじ》が開きかけていた。春が闌《た》けて行く目前の光景に眩暈がした。自分だけとり残されているような思いがよぎっていった。

「母さん、二日ほどここにおいてくださるかしら」

里子は庭を眺めたまま言った。

「それはかまいませんが、どうしたの?」

「くたびれてしまったのよ」

言い終ってから里子は虚ろな感情になった。

明子は、なにかあったの、とはきかずに、どうしたの、ときいた。娘を信じて疑ったことがなかった。台所で計量器を使わずに娘を仕込み、その通りに育っていった娘だった。事実この朝永家では、台所においてある計量器は、商人が品物を運んできたとき目方をはかることにしか役にたっていなかった。すべては目分量と勘で料理がつくられていたのである。茶や花にしても、当世風の見てくれのを習わせたわけではない。明子が娘時代に通った禅僧のもとに娘を通わせ、茶と花を身につけさせた。そのように仕込んだ娘がたやすく毀《こわ》れてしまうとは思えなかった。

勝手口が開く音がし、子供達のにぎやかな声がとびこんできた。克男がかじりかけの煎餅を投げだして声のする方に駈けていった。弘一の二人の子が学校から帰ってきたのだろう。手を洗って、と大人の声がした。牧子がいっしょらしかった。

「おはなしはあとでききましょう。くたびれてしまったのなら、ここで数日もすごせば直るんじゃないの」

明子は勝手口に起っていった。明子は、娘が、くたびれてしまったのよ、と言ったとき、投げやりな調子でないのに安堵した。本当にくたびれた感じが出ていたので、まさか夜夫にかまわれすぎたわけでもあるまいに、などと考えてみたのである。こんなことを考えたのは、夫の弘資の三十代の頃がおもいかえされたからであった。それは、たがいに、いろいろな面で、はげんだ時代だった。子をうみ、すっかり女になった娘に、明子は、かつての自分を視たのである。

庭を尾長が歩いていた。里子は尾長が繁みのなかに歩いて行くのを目で追いながら、これはやはり現実のことだ、と自分に言いきかせてみた。夫の置手紙を整理簞笥《だんす》の小抽出《こひきだし》にみつけたのは八日前の午前だった。勤めている会社の出張いがいには家をあけたことのない夫が前夜は帰宅しなかった。その朝、里子は独りで目をさましたとき、夫が前夜帰宅しなかったのをあらためておもいかえし、まさか、と思いながら胸さわぎがした。戸坂千枝《ちえ》の派手な顔がよぎっていった。この日は子供の幼稚園入園の手つづきに行かねばならず、里子が置手紙を見つけたのは、幼稚園から帰ってきて、前日の洗濯物にアイロンをかけ、夫のハンカチを小抽出にしまおうとしたときだった。

申しわけないです。私はだめな男です。きみは立派すぎるくらいの妻であり、きみが悪いのではありません。私は本当にだめな男です。離婚届を同封しておきます。きみが印判をおせば離婚は成立します。おねがいします。

三月二十八日

工藤保之

朝永里子様

あのとき置手紙と離婚届を目の前にひろげ、こんな冗談を、と考えたのは何故だったのか……足かけ七年間の二人の生活がこんなに簡単に毀れるわけがない、とどこかで考えていたからだったのか……。そのとき里子はアイロンのスイッチを切ると、もういちど置手紙と離婚届に目を通した。

置手紙には夫の性格がそのまま表現されていた。誠実だが気が弱く、自分の主張を相手の前ではっきり言えない男だった。里子は、これは冗談だろう、とどこかで考えながら、アイロンをかけて折りたたんである夫のブロードのパンツを見おろし、変に虚しい気持になっていった。田村製作所、というのが夫の勤めている会社だった。いろいろな機械をつくっている会社だった。夫の同僚や上司の顔をおもいうかべた。しかし里子はその人達をよく知らなかった。殆ど、なにかのおりに一度しか会ったことのない人達だった。夫には大学時代から友人がいなかった。家に友人を連れてこなかった。自分だけの城のなかでひっそりと暮し、友人が出来なかった。

里子は会社に電話をかけた。交換台が出てきて、すぐ夫の課の内線につないでくれた。

「工藤は二月いっぱいでやめましたが、どちらさまで……」

たぶん夫の同僚だった男だろう、しかし里子の見知らぬ男の返事をきいたとき、里子のなかで置手紙がにわかに現実性を帯びてきた。

「ちょっとした知りあいの者ですが」

里子はこう答えて電話をきった。それからもういちど置手紙と離婚届に目を通すと、外出の支度をした。

マンションの一階に、短時間子供をあずかってくれるところがあり、里子はそこに克男をあずけると、田村製作所に出かけた。麴町の一角にあるこのマンションは、工藤保之の給料で買えるようなところではなかったが、二年前の秋、里子の父と工藤の仙台の生家から金が出て買ってもらったものだった。

田村製作所の事務所は新橋駅前のあるビルの八階にあり、里子は受付に名を告げ、夫の上司に面会を申しこんだ。そして間もなく応接室に通され、上司が現れた。

「奥さんが朝永さんのお嬢さんでいらっしゃるのは存じておりましたが、おあいするのははじめてですね」

五十年輩の中肉中背の男で、出された名刺に、杉浦健夫《たけお》と読めた。

杉浦健夫は、工藤くんが二月いっぱいで会社をやめたのを本当に御存じないんですか、と納得がいかない顔になった。

「私は、工藤くんが朝永さんの会社に移ったものだとばかり思っていましたが」

杉浦健夫は首をかしげた。

里子は多くを語らず、夫が二日前から帰宅しないので伺った、とだけ告げ、田村製作所から出てきた。夫の退職金はすでに支払われていた。ビルの一階におりた里子は、公衆電話で田村製作所をよびだし、夫と同じ課にいる戸坂千枝につないでくれと申しこんだ。戸坂千枝は二月いっぱいでやめた、と予期した返事がかえってきた。前年の春、夫の課の者達がそろって旅行をしたときの写真があり、丹前を着た夫のかたわらにやはり丹前姿の派手な顔の女がすわっていた。それが戸坂千枝だった。ときどき夜中に電話がかかってきたが、夫は会社の用件だと言っていた。里子が、おかしい、と感じたのは前年の夏だった。週に二回は夫の帰りが夜中の一時をすぎるようになった頃だった。

田村製作所から戻った里子は、夫の仙台の生家に電話をした。工藤の生家は精好仙台平《せいごうせんだいひら》の織元で、工藤は次男だった。

電話に出てきたのは夫の母だった。保之はこちらに来ていないが、なにかあったのか、と夫の母は言った。会社をやめてしまい帰宅しないもので、と里子ははっきり告げた。置手紙のことは話さなかった。会社をやめてしまったのはおかしい、と夫の母は言った。もうすこし様子をみてから仙台に伺うかもしれない、と告げて里子は電話をきった。

あくる日、里子は再び田村製作所に電話をし、やめた戸坂千枝のアパートの場所をききだした。アパートは高円寺にあり、里子がそこを訪ねたのは正午すこし前だった。管理人の小母さんは六十がらみの人で、戸坂千枝は五日前に移転していた。

「なんでも、結婚するので、もっと広い家に越すんだ、とはもらしていましたが、あなたは戸坂さんの御親類のかたで……」

小母さんは、地味な紬《つむぎ》を着た里子をものめずらしげに眺めた。

「いえ、むかし、同じ会社につとめていたものです」

里子はこれ以上きいても無駄だとわかり、アパートを出てきた。夫が戸坂千枝といっしょに行動していることはまちがいないことに思えた。管理人の小母さんは戸坂千枝の移転先を知っていなかった。

それから今日まで、とりとめのない日が流れていった。夫をさがすにしても見当がつかなかったし、それよりも里子は、男に見捨てられた女を振りかえっていたのである。もし、子は鎹《かすがい》、という言葉が現代でも通用するとすれば、夫はいずれは戻ってくるだろう……。しかし一流会社をやめてまで姿をかくした男が、そう簡単に元に戻るとは思えなかった。友人はいなかったが、しかし家庭ではきちんとした夫だった。なぜ友人をつくらないのか、と里子はいちど夫にきいたことがあった。そのとき夫は答にならない答えかたをした。里子は、夫の性格だと思うしかなかった。

マンションの前は車道で、車道の向うがわもマンションだった。窓から眺める風景全体がなにか硬く、焦点がなかった。いちばんはっきりしているのは、夜になると向うがわのマンションにあかりがつくことだった。窓という窓があかるくなり、しかしそこに生活の匂はせず、つめたい都会の感覚だけがあった。

とりとめもなく夢とうつつのあいだを往還しながら一週間をすごし、相談すべきところは鎌倉の生家しかないのだ、とまるではじめて判ったように気を取り直し、鎌倉にきたのであった。

しかし、こうして生家の畳にすわり庭を眺めているうちに、相談してどうなるというものでもないように思えてきた。日が経つにつれ、夫が家出したことが現実性を帯びてきていたのである。

繁みに入っていった尾長が出てくると、芽をふいたばかりの槐《えんじゅ》の木の枝にとびあがり灰色のながい尾を数度動かし、それから山の方に飛んで去った。

里子が生家の人達に夫のことを話したのは、父と兄が帰宅して夕食をすまし、子供達が床についた後だった。夫に去られた妻の恥ずかしさを里子はこのとき感じた。兄夫婦を目前にして、夫に去られた妻の立場がはっきり見えてきたのである。しかし里子は置手紙と離婚届をとりだしてみせた。

「あのおとなしい工藤くんがねえ、信じられないことだ。原因はなんだね」

兄の弘一は怒っていた。

「わかりません」

里子はすこしためらってから戸坂千枝のことを話した。戸坂千枝のアパートを訪ねたことも話した。

「ひどいことをするじゃないか。エンジニアにはとかく視野のせまい人が多いが、これはひどいよ。一流大学を出た男のすることかね」

弘一は語気を荒げた。

「おまえが怒っても仕方がない」

父の弘資は置手紙と離婚届に目を通してから莨《たばこ》をつけた。

「興信所にたのんで、その戸坂千枝の移転先を調べてもらったらどうでしょう」

と明子が言った。

「そんなことをしても無駄だ。その女のところにいる工藤くんを連れ戻してきてどうするというのかね。そんなことではない。……里子を工藤くんのところにやるとき、私にはちょっとした危惧があった。工藤くんのお母さんは、いわば教育ママなんだな。大事に息子を育ててきた。一流大学を出て一流会社に就職した。温室育ちの息子だったのだ。こうした人間はいったん毀れたら使いものにならないコンベヤーと同じだ。世間には、毀れたコンベヤーをまわして体面をつくろっている人達もいる。里子もそうだが、おきてしまったことを冷静にみつめる、それしか方法がない。里子にはつらい春だろうが」

弘資は残りの茶をのむと、なにげない動作で居間からひきあげていった。

父が居間から去ってから、母と兄と兄嫁はそれぞれ勝手なことを話しあっていたが、里子は夫とすごしてきたこれまでの歳月をふりかえってみた。夫とは恋愛結婚だった。東京の女子大を出て、二年だけという父の許可を得て父の会社に勤めた。朝永商店は、田村製作所から機械を仕入れており、それを東南アジアに輸出していた。里子が工藤と知りあったのは、里子が仕入課につとめていた関係からだった。

そんな過去のことはどうでもよかった。男と女がいっしょになり、子をうみ、ともに日を送るのは、自分と他人を統一する意識がなければ出来ないことだった。工藤から結婚したいと申しこまれたとき、里子は工藤という他人のなかに自分という女を贏《か》ち得たと思った。自分が工藤に認められ、同じように工藤が里子のなかで彼自身を得たはずだった。やさしい男だった。ものを食べることひとつをとってみても、よく味をかみしめる男だった。やさしすぎて男らしさを感じさせない点もあったが、しかし里子に不満はなかった。そんな男がなぜ蒸発してしまったのか、わたしになんの不満があったのか……。蒸発という言葉はいやだったが、それしか表現のしようがなかった。

母と兄と兄嫁がしゃべり疲れてそれぞれの部屋にひきあげたのは十一時をすぎていた。里子は家族の話を全部きいていたわけではない。血がつながっている者としての慰めの言葉もあったが、結局は里子にしてみればなんの役にもたたなかった。

里子もしばらくして床についたが、かたわらで寝ている子供の顔を眺め、これからが問題だ、と思えてきた。父親は出張していると言ってあったが、いつまでも出張というわけにはいかないだろう、なんと答えるべきか……子供がかわいそうだ、といった思いにはまだたちいたっていなかった。夫に去られた女があわれだ、といった思いもまだ湧いてこなかった。あわれさより先に捨てられた女の恥ずかしさの方が心をしめていた。

ここ一週間の心の疲れが出てきたのだろう、あくる朝里子が目をさましたら十時をすぎており、かたわらの子供はもう見えなかった。雨戸のがらりの部分の障子があかるかった。居間に出て行ったら、兄はすでに会社に出かけ、父と母が茶をのんでいた。

「すみません、寝すごしてしまって」

「疲れたんだね。克男はいま牧子がつかいに行くのにつれて行ったわ。すぐ食事にしますか?」

「自分でやりますわ」

里子は母を制し、食堂に行った。

食事をすませ、顔をあらって居間に戻ったら、山桜をみに行く元気があるかね、と弘資が新聞から目をはなしてきいた。

「会社にはお出かけになりませんの?」

「今日はやすむことにした」

「それならおともしますわ。ちょっとお待ちになってね」

里子は部屋に行き、蒲団をあげ、それから母から借りた半幅帯を解き自分の帯をつけた。

あたたかいので羽織は着ずに家を出た。明子は、わたしは用がありますから、といって家にのこっていた。

谷戸の両側の山の斜面に山桜が点在していたが、数は多くなかった。

「天園から獅子舞《ししまい》の辺に行ったことがあるかね」

弘資がきいた。

「むかし、いっしょにいらしたではありませんか。山桜をみに」

「そうだったかね。あそこの山桜はいいねえ。ここもね、峠をこえると梶原だが、山桜が多い。あそこの峠から葛原《くずはら》ヶ岡にぬけてみよう」

なにか話があるのだな、と里子は思った。

「子供の幼稚園の入園式はいつだね」

「十日です……。その前に、いちど、仙台に行ってこようと思っています」

「その方がいいな。東北はまだ春が浅いことだろう」

しばらく行くと谷戸の道は登り坂になる。陽の光がのどかで風景が明るかった。苦しみを抱いて生家にかえってきて、父とこうして歩いていることにわずかななぐさめがあった。左側の山の斜面で鶯《うぐいす》がないていた。

峠から左に折れた。雑木林の斜面に、幅二メートルに充たない道がついており、葛原ヶ岡に通じている。

その道を二百メートルほど行ったところで弘資はたちどまった。

「あれが切りひらかれた梶原の住宅地だ。ずいぶん家が建ってきたな」

弘資は右の方をゆびさした。谷戸の右側に、南にむかって雛壇式《ひなだんしき》に家が並んでおり、谷戸の左側は山で、山の上には白いビルが建ち、その手前の谷戸にも団地の建物がならんでいた。はるか向うに丹沢山脈がつらなっており、この風景はかなり広大な展開をみせていた。

「今日は富士は見えないな」

「よくここにいらっしゃいますの？」

「いや。春と秋にくるくらいだ。いまでは葛原ヶ岡も公園になってすっかり変ってしまってね」

弘資は歩きだした。結城を着ている肩がまだしっかりしており、背中も広かった。子供の頃、この背におぶさったことがあった、と周囲からきかされたことがあったが、里子の記憶にはなかった。しかしいまの里子には、たしかにこの背におぶさった、と感覚的に理解できた。父の袂《たもと》につかまって歩いた記憶はあった。袂からはいろいろなものが出てきた。莨とかマッチとか小銭いれとか、それはまるで魔法のようにするっと出てきた。そして里子がつかんでいる袂はいつもあたたかかった。

葛原ヶ岡は人出でにぎわっていた。みんな桜をみにきた人達だった。

「染井吉野もあるが山桜もあるな。花はいいものだ」

風がなく、淡い花の色が空にとけて行きそうな風景だった。

「仙台に行ってくるのはいいが、麴町のマンションで待つつもりかね」

弘資は花をみあげていた。

「しばらくは待ってみようと思います」

「突きおとすようだが、帰ってこないと考えた方が安全だ。麴町のマンションで帰りを待つのは、里子の気持の問題がそうさせるのだ。それもいいだろう。しかし、待つことに疲れるまで待ってはいかん。その前にこちらに戻ってこい。しかし花はいいものだ」

弘資は莨を足もとにおとして下駄でもみ消すと、来た道をひきかえした。

花の下を苦しみを抱いて歩くのは里子にはもちろんはじめての経験だった。

「仙台には子供をつれて行くのか」

「つれて行きます。はじめての孫でしょう……」

「そうか、あそこの長男夫婦には子供がなかったのだな。あそこの親父《おやじ》はちゃんとしているが、おふくろの方は教育ママのわからず屋だ。女がわるいから夫が家出をした、などというかもしれない。だまってきいてくることだな」

「そうします」

「あまりつきつめて考えないことだ。そういっても無理だろうが。しかし花はいいものだ」

弘資はゆっくり歩いていった。娘の苦しみは自分の苦しみだった。娘があわれだった。

父とならんで坂道をおりながら、里子のなかをさびしさがよぎっていった。それは、生きていることのさびしさ、人の世のさびしさ、といってもよかった。去ってしまった夫の残像が感覚経験として女の裡《うち》で息づいていた。その残像は、はっきりしているようで、一方ではつかみどころがなかった。もし父に言われたように、待つことが無駄だとすれば、夫とすごしてきた歳月を整理しなければならなかった。

帰宅したら、牧子と克男が戻ってきており、牧子は昼の支度をしていた。

「葛原ヶ岡はいかがでしたの」

明子が弘資にきいた。

「ああ、人が出ていたよ。春の鎌倉は人が多すぎていかん」

「お寺さんが入場料をとるようになってから見物にくる人がふえたような気がしますが」

「どうもそうらしい。観光というのは一種の群衆心理現象だろうね。長谷の大仏前など、大型の観光バスが列をなし、おかげで市民の利用するバスが通れなくなってから久しいが、大仏さんは知らん顔をしているし、市は市で、無能な役人と議員ばかりがそろっているらしく、対策を講じないいんだな。どれ、昼めしにしようか」

弘資はしかし庭をまわって花や樹木を眺めていた。

里子は前掛をつけて台所に行った。牧子が大ぶりの鰯を割いていた。

「父さん、今朝の新聞で、銚子で鰯が大量にあがった記事を読み、今日はやすむから昼に鰯をたべさせてくれ、とおっしゃったのよ」

牧子が言った。

「それで早く買物にいらしたのね。今朝はおそくまで睡ってしまい、ごめんなさい」

里子はガスレンジにのせてある炭おこしから火のおきた炭を七輪に移した。この家ではいまも炭で魚を焼いていた。

「里子さん、東慶寺の白木蓮《はくもくれん》をごらんになって」

牧子は割いた鰯を俎板《まないた》にならべ、塩をひとつかみして振った。

「いいえ、葛原ヶ岡に行ったのよ」

「あとで見にいらっしゃらない。もういちど買物に出なければならないし。八百屋さん、まだ荷が入っていなかったの」

「いっしょさせていただくわ。円覚寺の仏日庵の辛夷《こぶし》はどうかしら」

里子は七輪に金網をのせた。

「うちのひとの話では、仏日庵のは辛夷ではなく木蓮だそうよ」

牧子が鰯をつかみ、塩を振った方を下にして金網にならべ、もう片側に塩を振った。

「昔もそんな話をきいたことがあったけど、本当はどっちなのかしら」

「あたしも見比べたことはないわ」

牧子が朝永家に輿入《こしい》れしてきて、それから里子が生家から去るまでの数年間、二人はいっしょに台所で動いてきたので、呼吸が合っていた。二人はそうした昔日に還っていたのである。

しかし里子には一抹の危惧があった。もしわたしがここに戻ってきたら、このひとの邪魔にならないだろうか……。

里子と牧子が買物に出たのは二時すぎだった。出がけに牧子が、「里子さんと東慶寺の白木蓮を褒めてまいりたいのですが、よろしいでしょうか」

と明子にきいた。

「あら、あなた方だけで……。わたしもつれていってください。幸江さんもつれて行きましょう。お祖父ちゃんに留守をたのむとしましょう」

それから明子は羽織をきて玄関に出てきた。結局、家には弘資だけがのこり、みんなで東慶寺にでかけた。

「三人あつまっても姦《かしま》しいのに四人ではなおでしょう。みなさん、東慶寺につくまでだまって歩きましょうね」

門を出たところで明子が言った。

「そんなことおっしゃっても無理ですわ」

牧子がわらいころげた。

「あら、なぜ? 牧子さん、あなた、このごろ、わらいすぎますよ。目尻が心配にならないの」

すると牧子はさらにわらいころげた。

こんなやりとりが里子には一刻《ひととき》の慰藉《いしゃ》になった。

材木屋の前を右におれると、そこはもう車の往還がしきりだった。昔はバスしか通らない静かなまちだった。円覚寺や建長寺を訪ねても、いつも森閑としていたのに、この頃は季節をとわずに見物にくる人が多かった。

東慶寺は、山門を入ると左に鐘楼があり、右側に本堂と庫裡《くり》が塀《へい》に囲まれている。塀には出入口がついており、白木蓮は出入口を入ったすぐ右側にたっていた。ずいぶん大きな木で、たかい枝をのばし、六瓣《ろくべん》の花が空にむかって開いていた。花は満開だった。春の花はなぜこんなに空にとけてしまうのだろう、と里子は午前の葛原ヶ岡の桜をおもいかえしていた。みんなが自分をなぐさめようとしている気持はありがたかったが、考えてみてもやはりこれは自分だけの問題だった。

「白木蓮はやはりお寺の境内にある方が似合うのかしら」

牧子が言った。

里子は、さびしい花だと思った。空にぬけて行くような白さがさびしかった。

「花が多すぎるわ。春の花は、数輪ひらいた風情の方がよろしいでしょう」

明子が言った。そしてうしろを振りかえると、あなた、このごろ茶はどうしているの、と里子にきいた。

「ここのところ御無沙汰しております」

「それはいけないわ。明日は土曜日ね。父さんも弘一もやすみだから、午後は茶会を催しましょう。牧子さん、家に帰ったら清月堂に明日菓子を届けるよう電話をしてください。主菓子は花吹雪、干菓子は吉野山といたしましょう。すこし賑やかな方がよいでしょうから、三人ほど他人《ひと》を招きましょう」

母が牧子に言っているのをききながら、里子は、これでは落ちつけない、と思った。沈んでいる娘のために、という母の気持はわかったが、目の前に変化がありすぎてはかえって疲れるだけだった。要するにこのひとは幸福なひとなのだ、と里子はどこかで母を冷静にみていた。

この日の夜、夕食をすましてから、里子は、土曜日と日曜日、克男をあずかってもらえないだろうか、と父母に相談した。麴町のマンションで二日ばかり独りでいたい、と話した。

「だって、あなた、明日は……」

明子が言いかけるのを弘資がさえぎった。

「里子を疲れさせるだけだ。茶をたしなむのは心の平安がある人のすることです。娘のために気をまわしすぎはしないかね」

「すみませんが、そうさせてください。仙台に行く乗車券も買っておかねばなりませんし、月曜日の朝、克男をひきとりにまいります」

生家にきても気持は落ちつかなかった。出てしまった人は手紙一枚で事が成立すると思っているのかも知れなかったが、残された者の感情は、いつまで経っても整理がつかなかった。

あくる土曜日の午前、里子は、克男をおいて生家を出た。そして麴町のマンションに戻ってみたが、やはり落ちつかなかった。なにもかもが不分明な状態のなかで、頭の芯だけが疲れていた。夫は背広上下にレインコートで出て行ったきりだった。それは考えようによっては信じられないような家出だった。置手紙を見つけてからすでに何度も調べた洋服簞笥を、もういちど調べてみた。背広を一着とりだし、窓ぎわにつるしてみた。だが、すでに生活のにおいのしなくなったこの部屋では、その背広はただのものにすぎなくなっていた。

背広をおろし、居間のソファの上でブラシをかけてみたが、どうにもならなかった。そして、夫が家出してからはじめての涙が出てきた。涙が背広に落ちてにじんで行くのを視つめているうちに、突きおとすようだが帰ってこないと考えた方が安全だ、と父から言われたことが思いかえされた。それなら、わたしはどうすればよいのでしょうか……。里子は涙のにじんだ背広に問いかけた。

この土曜日の半日を、里子は冬物の整理に費やした。夫の冬物を箪笥からとりだして段ボールに詰め、洗濯屋をよんで渡し、それから夫の合着や夏物をとりだして箪笥につるした。甲斐のないことをしているのかもしれなかった。

そして、暮方、独りだけの味気ない夕食をすませ、風呂に入り、間もなく床についた。そしてあくる朝までぐっすり睡った。いくら睡っても睡りたいような気がした。事実夫の置手紙をみつけてからよく睡眠をとっていなかった。

朝食をすませてから東京駅に行き、仙台行の乗車券を求めた。あくる日の正午上野発仙台行特急のグリーン指定席がまだ残っていた。

それから里子は八重洲口を出ると、日本橋のデパートに行った。仙台に持って行く手土産品を買わねばならなかった。そしてデパートの食品売場で五千円の佃煮の折詰を買い、品物を受けとったとき、向うの通路で女と品さだめをしている夫をみた。しかし夫によく似た男で、夫ではなかった。夫ではないとはっきりわかったのに胸さわぎがした。いやな経験をしたと思った。

麹町に戻ってからも、いやな経験をした、という思いはやまなかった。これからも、夫の帰りを待ち、またどこかで夫に似た男に出あうたびに、同じ思いをするのだろうか……。待つ身のみじめさ、といったものをはじめて知ってみると、自分にたいして遣《や》りきれなさがのこった。里子は午後になってまた睡った。軽い昼食をすませ、居間のソファで朝刊を読んでいるうちに睡りにさそわれ、毛布を一枚かけて睡ってしまった。いくら睡っても睡りたりない気がした。

そして、あくる朝、鎌倉に行き、子供をつれて仙台に向った。列車が北に向うにつれ、季節が冬に逆戻りしているような車窓の眺めだったが、里子はそんな風景をつぶさに眺めていたわけではない。仙台で夫の父母に会い、どのように話せばよいのか、そんなことを思いめぐらしているうちに車窓の風景が断ちきれていった。

仙台には四時ちかくに着いた。

工藤家は、長町北町にあり、そこは広瀬川の堤のそばだった。精好仙台平といっても、織っている家がそう何軒もあるわけではない。製品には精好平袴地《はかまじ》、仕舞袴地、御召袴地、絽《ろ》袴地など十種類以上があったが、糸の精練、染色、投杼《なげひ》の織り、とすべて手によってつくられているので、生産は限られていた。

里子は工藤家のすこし手前で車からおりた。夫の両親に会う心の準備を整えるためだった。堤に沿って何軒かの織元の機業所がある。座蒲団地を織っているところもある、と以前夫からきかされたことがあった。あれはいつのことだったろう……。それは結婚して間もない頃だった。秋のおわりに夫とここを訪ねたことがあった。そのとき夫は、仙台平の染色について、この辺の山でとれる漆の葉、楊梅《やまもも》、藍、青茅《かりやす》などの植物染料が仙台平を美しく仕あげるのだ、と語ってくれた。それは素朴で美しい話だった。夫の語りかたはやさしかった。その日の広瀬川の川面が光っていたのを記憶にとどめていたが、やはり今日のような暮方だった。

父が言っていたように、仙台はまだ春が浅く、流れも冷えびえとしていた。里子は右手にボストンバッグ、左手に子供の手をにぎり、工藤家の玄関前にたった。事実だけを告げよう、誠実だが気の弱い夫の性格がこのようなことをおこしてしまった、などとは言うまい……。

玄関に出てきたのは夫の母の初江だった。

「とんだことになりましたね。とにかくあがりなさい」

このあいだの電話では、会社をやめて家に帰ってこない、とだけ告げてあったから、いまの初江の言葉は、それ以上のことを知っているようにも受けとれた。

居間に通され、やがて機業所から夫の父の信一も出てきた。

「遠いところを疲れただろう。しかし、保之のやつ、なんということをしでかしてくれたのだろう。……三日前、手紙があってね」

信一はたちあがると仏壇の横から手紙をおろしてきた。里子が受けとって裏をみたら、工藤保之という名前だけで、住所は誌《しる》してなかった。

「里子さん、それを読んでくださらんか」

と信一が言った。

便箋六枚にびっしりつまった手紙だった。内容を要約するとつぎのようになった。

どうしてこうなってしまったのか自分でもよくわからないが、妻子と別れていま別の女といっしょにいる、この女とはたぶん生涯をともにすることになるだろう、朝永家にはまことに申しわけないと思うが、ゆるしてもらいたい、克男は仙台でひきとって育ててくれればありがたい。

里子は手紙を封筒に戻して信一の前にかえした。封筒の消印は新宿局だった。

里子は置手紙と離婚届をとりだしてみせた。こんな風に育てたつもりではなかったのに、と初江が言った。

「里子さんになにか心あたりはありませんか」

と信一がきいた。

「ございません」

里子は、夫が二月いっぱいですでに会社をやめており、退職金も支払われている、と田村製作所できいたことを話した。

夕食がすんでから、夫の兄の昭夫《あきお》も加わって話しあったが、信一は、子までなしながらこんなことになってしまったのは、一時の迷いとしか思えない、しばらく待ってもらえまいか、保之はそのうちに戻ってくるかもしれないから、と言った。初江も昭夫も同意見だった。

「そのようにいたします。わたしに離婚の気持がないのですから。ただ、あのマンションで子供と二人だけで棲むのは、なにかと不便ですし、マンションはそのままにしておいて、しばらく鎌倉に戻っていたいと思いますが、どんなものでしょうか」

「それはそうしてくれれば有難い。こちらは里子さんの御両親にあわせる顔がないというものです。誰でも、わが子にかぎって、と考えるのは情でしょうが、こんどの保之のおこしたことは保之の身勝手だとしか思えない」

「悪い女に引っかかったとしか思えません」

と初江が言った。

「悪い女がいたとしても、そこに引っかかる男がだらしないんですよ」

信一が初江をたしなめた。

「あの子は気持がやさしい子なんですよ。やさしすぎていつも自分が損ばかりしているんです」

「里子さんの立場になってみてあげたらどうだろう。わが子ばかり庇《かば》わずに」

「それはそうですが……」

里子は夫の両親のやりとりをきいているうちに、仙台にきたことが悔まれてきた。夫の両親からなぐさめてもらう必要はなかった。そんなことのために仙台にきたのではなかった。初江の身勝手さを、里子は、女の生理のようなものだと思った。当人に醜さがわかっていないだけに、まともに応じていたら腹がたつだけだった。夫の母は、気持のやさしい子だといっている、そのやさしい男が、一方的に家庭を毀して行方不明になった……父から言われたように、帰ってこないものと心にきめるべきだろうか……。

あくる日の昼すぎに里子は仙台を発った。夫の生家の人達は、せっかくきたのだから数日滞在しては、とすすめてくれたが、物見遊山《ゆさん》に仙台まで来たわけではないし、これ以上滞在して希望があるわけでもなかった。

駅まで見送ってくれたのは信一だった。しばらく堪《こら》えてくれ、と信一はホームにあがったときに言った。

「鎌倉の御両親には失礼にあたるかもわからんが、当分のあいだ、わずかだが、まいつき、五万円ほど、私に送らせてもらえんか。生活費のたしにしてもらえればありがたい。退職金をそっくりそのまま持って逃げたなど、恥ずかしい話です」

大学を出ながらも職人気質に徹した人で、だまってすわっていても相手にあたたかい感じをあたえるやさしい面があった。この父のやさしさが息子には劣性に受けつがれているのではないか、里子はふっとそんなことを感じた。しかし仙台ではこの舅《しゅうと》の存在が里子にはわずかな慰めになった。

この日は麴町に戻り、あくる日の午前、里子は鎌倉に行った。桜はほぼ散りつくしていた。

「月曜日の午後、つよい風が吹き通しで、それで散ってしまったのですよ。仙台はどうだったの……」

明子はさりげなくきいた。

「梅がさかりでした」

里子は、仙台での話をした。

「夜、父さんと相談しましょう。梅を眺めてきただけでもいいじゃありませんか。これからは、なにか気晴らしになることを見つけねばならないわね」

明子にしてみれば、二十九歳の女が、一人の子供にかまけるだけで過せるはずがない、という懸念があった。これから女の三十代に入るというのに、あの男はなんということをしてくれたのだろう、とこれは母親としての内面の恚《いか》りだった。明子の経験では、女の三十代は、めくるめく時代だった。女の成熟もここで極まるか、と感じたことが幾度かあった。四十代に入ってからもそれはつづき、五十代にはいったいまは、清冽《せいれつ》な水の流れのように過去を振りかえることが出来た。もちろんこれは自分が恵まれていたからだと明子は知っていた。五十二になる現在、美しくとしを重ねてきた自負があった。としをとって美しいと言われながらも、男から男へと渡り歩いてきた女には、やはりどこかに穢《きたな》さが滓《おり》のようにこびりついていた。娘をそんな目にはあわせたくなかった。

「このとしになってまだこんな事をするなんて、考えてもいなかったわ。ねえ、わたし達、いつまでこんなことをするのでしょう」

明子が夜の寝床で夫にこんな問いかけをしたのは、明子が五十になった春だった。いまから二年前で、夫はそのとき五十八になっていた。そんなことを思いかえすと、目の前の二十九歳の娘があわれでならなかった。

朝永家で、ここしばらくの里子の身のふりかたがきまったのは、夜になって家族そろって茶をのんでいたときだった。

麴町のマンションは仙台からも金が出ていることだし、いますぐ売るということは出来ないだろうから、あそこはそのままにしておき、里子と克男は鎌倉に移ってくる、そして克男は鎌倉の幼稚園に入れる、里子は当分のあいだ牧子といっしょに家事をやる。こんな風に話がきまった。

「牧子さん、これでかまいませんか」

明子がきいた。

「あたしはかまいません。里子さんとは仲がよいんですし。家族がふえてたのしいですわ」

事実牧子はそのように思っていた。

「なるべくあなたの邪魔にならないようにしますわ」

里子が言った。

「いやよ、そんなおっしゃりかた、里子さん」

弘資はこんなやりとりをききながら、どこかで娘の不幸をみているような気がした。

里子はあくる日の午前、さっそく近くの幼稚園に入園手続をとりに行ったが、すでに満員だった。一学期がすぎれば欠員が出るかもしれないし、もしそれ以前に欠員が出たら知らせてくれる、と幼稚園では言っていた。

「幼稚園もひとつの流行にすぎない。行かせなくともどうということはないよ」

夕方帰宅した弘資はこのように言った。

「幼稚園浪人というのもあるのかしら」

明子が言った。

「馬鹿なことをいうものではない。いま、どこでも二年保育というのが流行《はや》っているらしいが、あれはいけないよ。粒の小さな、実社会に小さく役にたつ人間が出来あがってしまうんじゃないかな。本当は小学校にあがるまでなにも教えない方がいいと思うが、まあ、これは教育者にきいてみなければわからんがね」

こんな話をききながら、里子は、これからの時間のながさを思った。夫が他の女とどこかで暮しており、妻は子をつれて生家に戻ってきた。これを現実として受けとめてみると、これからさきの時間をどうやって過すかが問題だった。母に言われたように、なにか気晴らしになることを見つけねばならないだろう……。

この夜、里子は、蒲団のなかでまんじりともせず、夫と歩いてきた年月を振りかえってみた。こんなに簡単に毀《こわ》れてしまうものだろうか、よしや夫と暮している女の方がわたしよりすべての点ですぐれているにせよ、子までなした夫婦のあいだが、こんなにもろいものだろうか……。

暁方《あけがた》、里子は夢をみた。まだら雪のなかを歩いている夢だった。その道はどこまでもつづき、そこを歩いて行けばやがて山桜の咲いている村に出られる、と誰かが教えてくれた。しかしいくら歩いていっても、まだら雪は尽きず山桜の咲いている村も見えてこなかった。

街のなか

新宿番衆町の東京厚生年金会館の裏側に、夜になるとにぎやかになる通りがいくつかある。そこは緩やかな坂道で、にぎやかな通りからはすこしはずれた場所だった。その坂道のなかほどに、工藤保之と戸坂千枝が開いた〈岡山〉というスナック・バーがあった。千枝の田舎が岡山であったからこんな名をつけたのであった。

工藤保之は、仙台の両親あての手紙に書いたように、どうしてこうなってしまったのか、自分でもよくは解らなかった。千枝とできたのは、前年の春、会社の旅行で伊豆に行ったときだった。どうしてこうなってしまったのか、と工藤は麴町のマンションを出てきていらいなんども自分を振りかえってみて、やはり千枝の肉が原因だろう、と考えながら、結局は解らなくなっていった。千枝の軀《からだ》を識《し》ってから、自分のこれまでの三十三年の道程のなかで、自分にも見えなかった部分が見えてきたことはたしかだった。母にたいしての無意識の幼児性欲、母から受けた抑圧と劣等感が、薄明の彼方から明るみに出てくるように、ひとつひとつ見えてきた。最初のきっかけは、並はずれて大きな千枝の乳房だった。そこに母の乳房を視たのである。そのまるみとあたたかさを、千枝のそれに見出したのであった。母の乳房から離れたのは小学校二年生の冬だった。そのとき、母と息子とのあいだで小さな葛藤があったのを、工藤は千枝の軀を識ってからはじめて了解した。もう、いけません、と母が言っていたのを、千枝の乳房を前にしてはっきり思いかえしたのである。あの葛藤は、母と息子の理性と情念の葛藤だったのだろう、ということもみえてきた。

朝永里子と結婚したとき、工藤は、やっと母から解放され、新しい世界、新しい秩序を見出した、と考えたのであった。自分は、いとこ同士の父母からうまれた血縁の言語しか知らない人間だった、それが朝永里子といっしょになったことで、極端に表現すると動物の生活様式や思考形態から脱けでて、別の言語を知るようになった、とそのときは考えたのであった。ところが、その新しい世界、新しい言語が、千枝によっていっきょにひっくり返され、工藤にとっては昔のなつかしい世界が目前に再現したのであった。洗練された生活を積みかさねてきた様式のなかからうまれでてきた里子に比べ、この千枝の大きな乳房は、紛れもないわが祖先、わが血縁のものだ……。工藤は、千枝に母を視、その肉に埋没していった。そこには土俗的なにおいがあった。饐《す》えていたが懐かしいにおいだった。

工藤が、千枝と自分の退職金、ほかに千枝の貯金をおろしてこの店を借りたのは三月中旬だった。前の経営者から居ぬきのまま権利を買いとったのである。そして看板だけ変えて店をはじめたのであった。

店は調理場をいれて五坪の広さで、他に六畳の部屋がひとつついていた。二階は住居で、工藤が着のみ着のままでここに移ってきたのは三月二十八日だった。二月いっぱいで会社をやめてからは、工藤は朝麴町のマンションを出ると高円寺の千枝のアパートに出勤し、千枝の設計にしたがって開店の準備をしてきたのであった。三十五歳になるまで勤めてきた千枝にはかなりの貯金があった。好きな人とスナックを開きたい、というのが千枝の年来の希望で、工藤は千枝の生きかたに巻きこまれたかたちだった。千枝はこれまで三人の男を経験してきていたが、いずれもすこぶる合理的なつきあいを要求され、月々いくばくかの金をもらい、かわりに女の軀をあたえる、といった関わりだった。最初の男は会社の部長で、千枝が二十二歳のときだった。この部長は毎月千枝の月給と同額の金をくれた。二十五歳の春、部長は転勤になり、二年おいて二十七歳の秋、やはり同じ部の部長とかかわりあいが出来た。亀岡くんと同額でいいかね、とこの部長は言った。亀岡というのは前の部長だった。男同士のあいだで話が出来ているらしかった。こんどの部長は三堀という名だった。そして三十歳の春、三堀とは手がきれ、一年おいて、取引会社のやはり年輩の佐賀とかかわりが出来た。千枝の感じでは、亀岡が三堀にゆずり、三堀は佐賀にゆずってきたふしがあった。

スナックを開くだけの金はこうして蓄積されてきたのであった。四人目の男が工藤だったが、千枝がはじめて恋心を抱いた相手だった。庇護《ひご》してやらねば歩いて行けないような感じがする工藤に、千枝は年上の女としていとしさを感じた。千枝の前を通りすぎていった三人の男達にとって自分が単なる肉にすぎなかったことを千枝は知っていた。そのつど割りきってきたつもりだったが、三十を過ぎてわが身を振りかえってみると、やはりそこには経験が生む反省があった。

こうしたおりに年下の男にたいして芽ばえた恋心は、千枝を方向転換させた。恋心と母性本能がないまぜになって行き、工藤を大きく包んでやることができた。三人の男達によって訓練された肉は変えようがなかった。経験が生む反省があったにしろ、それは内面のもので、いったん訓練された肉はそのまま認めるよりほかなかった。こうして習熟した千枝の肉が年下の工藤を包みこんだとき、工藤は抵抗なくそこに入りこんできた。

工藤は工藤で、ああこの軀のなかでなら俺は安心して棲める、とこれまでの世界を投げすてて飛びこんでいったのであった。千枝と暮すことに希望があるわけではなかった。希望がないというのは無目的な生活といってもよかった。現実を放棄して、千枝がこしらえてくれた世界に入ってみると、もうこれからはどうなってもよい、といった感情になっていった。

店を開くのは午後四時すぎからで、その前に準備をするのに工藤は今日も正午すこし前に起された。

準備といっても、大きな飲食店ではないから、市場に仕入れに行くわけではない。この店の権利を買う前に千枝は夜だけ三ヵ月間ここに見習いにきていた。うちの姫がこの店をつぎますから、と前の経営者は客に宣伝してくれた。客をそのまま受けついだかたちだった。ウイスキーの壜《びん》を買っておいてある客が多かった。一品料理は、スパゲッティ、グラタン、それに簡単な肉料理だった。日本料理のように、もとの味をいかしながらしかも手間をかけるようなものはこしらえなかった。

「あたしの坊や、もう目をさましなさいよ」

千枝は、工藤がなかなか目をさまさないのを見てとると、工藤の蒲団にはいっていった。朝五時まで店をあけているから、慣れない工藤にはかなり疲れる仕事だった。工藤の役は材料の仕入れと皿洗いだった、それしか工藤には出来なかった。仕入れはすべて近くの肉屋、魚屋、八百屋からだった。これも前の経営者がやっていた通りで、小売値よりいくらか廉《やす》くしてもらっていた。

「あたしの坊や、目をさまさないの」

こうして工藤はここに来てからはまいにち千枝の肉によって目がさめた。麹町はここからはそれほど遠くはない。千枝の肉によって目がさめるとき、ああ、これは真実ではない、とどこかで考えながら、そこに溺れていった。千枝の肉の威力といってもよかった。そこには節度と秩序がなかった。これは真実ではない、と考えるのは、麴町の妻子をおもいかえすからであった。どうしてこうなってしまったのか解らなくなるのはこんなときだった。もしかしたらこれは虚偽かもしれない、とどこかで意識しながら千枝の肉に溺れていった。

結局、二人が床から出るのは一時すぎだった。この肉の結びつきは、一種の短絡反応といってもよかった。千枝の軀を前にしていると麴町の妻子が工藤の意識から完全に脱落していったのである。どこまでも撓《たわ》む千枝の軀に工藤は甘えきっていた。反りぐあいが妻にはないものだった。反った状態で千枝は工藤をはなさなかった。母親によって形式的な節度と秩序を頭にたたきこまれた工藤にとり、この反りぐあいはまったく新しい世界だった。

二時になると手つだいの久米《くめ》陽子がくる。四十すぎの家庭の主婦で、六時まで働いてくれる。そして六時になると、藤井愛子がくる。昼間は会社に勤めており、夜六時から十二時まで千枝の店に働きにきている二十四歳になる娘である。

「あら、雨だわ」

手洗いから戻ってきた千枝が言った。そういえば工藤はさっきから音をきいていたが、雨の音とは気づかなかった。千枝が窓のカーテンを引いた。

工藤は莨《たばこ》をつけて蒲団からぬけでると、窓をあけ外をみた。雨がしぶく路上を傘をさした人が歩いていた。

雨がしぶいている路上はわびしい光景だった。妻にも仙台の両親にも一方的な通告だけで、そのあとなにひとつ知らせていなかった。麹町から会社に通っていたときには感じなかった雰囲気がここにはあった。暁方まで店をひらき、昼すぎに寝床からぬけでる生活が、街のなかに棲んでいる思いを深めさせた。窓から眺めおろす坂道は、右方が登りになっている。むかいは右から八百屋と小料理屋で、そのとなりは不動産屋だった。そして八百屋の上の方は普通の住宅が続いていた。この店が北側に面しているせいか、この通りはなんとなく裏まちの感じがしたが、工藤はその裏まちの雰囲気がきらいではなかった。千枝は近所の人達から奥さんとよばれていた。

「くすぐったいわ、奥さんだなんて」

と千枝は言いながら満更でもない様子だった。

工藤にしてみれば、千枝との生活に希望や目的がないにしろ、とにかくここには解放感があった。しかし考えてみると、これはかなりおかしなことだった。母親から解放されたい、と願いながら、母にたいしての無意識の幼児性欲が千枝を識ることで再現され、そして思いをとげていたのである。千枝の軀に包まれていると、母から受けた抑圧と劣等感、そして甘えが、ほぼ同時に爆発していった。爆発させることで解放されていったのである。一流になれ、と教えこまれ、一流の大学を出て一流の会社に入り、しかるべき家から妻をもらい、これで母の夢は果たせたかもしれないが、俺はその間なにをしてきたのか……。振りかえってみても、これまで費やしてきた時間は虚しさの一語に尽きていた。妻の里子に不満があるわけではなかった、ある意味では出来すぎている女だった。自分から申しこんで貰い受けておきながら、この結婚もつまりは母親の秀才教育実践のあらわれだろう、と工藤は解釈していたのである。

雨がしぶいている路上を見おろし、ここにきて何日になるだろう、と振りかえってみた。日を数えたことはなかった。会社で出世のための日々をおくっていた頃に比べ、この裏まちには安堵があった。一人の女と無為にこの裏まちで果てたとしても、悔いはないように思えた。千枝といるとのむ酒の量がふえていった。出世の道から脱落したといった思いはなかった。酒に紛らわしていたわけでもなかった。この大都会のまんなかに一人の世捨人がいる……。そんな風に自分を位置づけてみたことがあった。

窓をしめ着がえると階下におりていった。

千枝は湯をわかし朝食の支度をしていた。パンと紅茶の簡単な食事だった。

「ことしの春はとうとう花見に行かれなかったわね。目玉焼あがる?」

「ああ、なんでもいい」

「目玉焼こしらえるわ。どこか海のみえるところで初鰹をたべたいわね」

千枝はパンにバターをぬりながら楽しそうだった。

新宿の裏まちで工藤が雨の路上に自分を映しだして眺めていたこの日の午後、日本橋の朝永商店に、田村製作所の田村道助社長が訪ねてきた。

弘資は、たがいにいそがしい社長業なのに、前ぶれもなく訪ねてきたのは、工藤保之の件でだろう、と判断した。田村道助は工藤と里子が結婚したときの媒酌人だったのである。

社長室に入ってきた田村道助は、

「あなたには申しわけないことをしてしまったなあ」

と磊落《らいらく》に話しかけてきた。

「まあ、お掛けください」

弘資はソファをすすめ、まあ、仕方のないことです、と言った。

「杉浦くんから話をきいたとき、びっくりしてね、杉浦くんの話では、工藤くんは朝永商店に移るものだとばかり考えていたそうで、それで私に報告しなかったのだ、と言うのだな。話をきいたのは三日前でね、いろいろ調べてみたところ、工藤くんは同じ課にいた女と出来ていたらしいことがわかった。その女が同時にやめているので、社員に調べさせたら、これがまた移転してしまっているんだな」

すべては弘資がすでに里子からきいて知っていることだった。

「たがいに子を持っている親として、なんとも遣《や》りきれない気持になってね」

言葉がうまく出てこない、といった感じだった。

「いや、いいんだ。心配してくれてありがとう」

弘資には、起ってしまったことを、これ以上噂にしてひろめてもらいたくない、という気持があった。

「あれは優秀な社員だったので、いまも信じられないんだ」

「どうもね、日本経済の高度成長の落し子、という気がしてならないんだ。工藤くんははみ出ていったが、原因をさぐって行くと、戦後の日本の教育に問題があるんではなかろうか。工藤くんのような青年はいくらでもいる。彼等をみていると、仕事はよくやるが、心にゆとりがない。小学校から大学を出るまで、勉強々々で詰めこまれ、社会に出たらまた別な勉強をしなければならない。ある日、ふっと自分を振りかえってみて、いったい自分はなんの目的でこんなに刻苦勉励しているのだろう、と虚しくなってくる。優秀だといわれる青年が蒸発し、自殺し、あるいは連合赤軍のような事件をおこす、これは、どうも、戦後の教育に原因があるような気がする。工藤くんの家は、母親が教育ママでね、母親が鋳型《いがた》にはめてこしらえあげた子だった。いまだから言うが、里子をやるとき、危惧はあった。しかし、変な風にきこえるかもわからんが、私は工藤くんを責めてはいないんだ」

弘資は、秘書が運んできた茶をひとくちのむと莨をつけた。

「しかし里子さんがかわいそうだ」

と田村道助はまるで自分の娘のことのように言った。

「それはたしかに娘はかわいそうだ。といってどうにかなるものでもあるまい。まあ、しばらく様子をみることにしますよ。それより、六日会の最近のあつまりはどうなっているのかね」

「今月はやすみだったな。五月は昼食会をやるとか土井くんが言っていたが」

六日会というのは、大正うまれの社長有志があつまって毎月六日に昼食会か夕食会を催す親睦会だった。財界にはそんな会がいくつかあった。たとえば弘資には商事会社の社長だけのあつまりの会があったし、田村道助には機械製作関係の社長会などがあった。

「われわれも、青年社長だなどと言われているうちにとしをとってしまったな。これからは、せいぜい親睦会に顔をだすようにしよう」

「ところで、仙台の工藤くんの家の方だが、向うからなんともいってこないのに、仲人だった私がさきに言葉をかけるのはどうかなとも思うが、あなたの考えがきければありがたい」

「放っておきましょう。こちらから言葉をかける筋合のものじゃない。あなたが心配してくれる気持はありがたいが、しばらくこのままにしておきましょう」

弘資は、娘に言ったように、工藤保之が戻ってくるとは考えていなかった。娘があわれだったがしかし時間がたてば苦しみから脱け出て、別の世界を見つけてくれるだろう、そのときはじめて娘は大人になれるだろう、と見ていた。要するに工藤保之のような優秀な青年は一流会社であり余っていた。秀才だが個性がなく、彼等は企業のなかで一個の物に過ぎなくなっていた。ある意味では工藤保之は物からの脱出を願っていたのかもしれない、と弘資は解釈していた。

やがて田村道助は帰っていった。

弘資は田村道助を見送ってから、窓ぎわにたって雨の街を眺めた。街といってもビルしかみえない。あの青年は、真面目すぎて出世街道から脱落して行ったのだろう、それに、女をこしらえたからといって妻子を捨てて逃げたのは、あれは気が小さいせいだったからだろう……。弘資は自分の三十代を振りかえってみた。妻は妻、愛人は愛人とつかいわけはじめたのは、たしか三十代にはいって間もなくのことだったな……。かつて関わりのあった女の姿態が弘資のなかをよぎっていった。疾《と》うに名を忘れてしまった女もいた。バーの女もいたし、芸者もいたし、素人もいた。

そうだ、あそこにもだいぶ御無沙汰している……。弘資は雨の街を眺めおろしているうちに千代子をおもいうかべ、秘書をよぶと車の用意を命じた。時計をみたら三時にちかかった。

やがて弘資はビルの裏口の車よせに出て車の中にはいると、原宿、と運転手に告げた。

車窓を雨が流れ落ちていった。桑田千代子とできてから九年になる……。弘資は過ぎさった歳月を振りかえってみたが、年月がはなはだつもった、といった感慨にはならなかった。千代子との年月を振りかえってみるなど、いつになかったことだった。田村道助が訪ねてきて里子の話をしたせいかもしれなかった。千代子とは、囲うとか囲われるとかの仲ではなく、たがいが自由な九年間だった。数日つづけて逢った年もあったし、一カ月逢わなかった年もあった。歳月の重さを感じないのはそんな仲のせいかもしれなかった。たがいに執着をみせないなど、考えてみるとおかしな仲だった。

国電の原宿駅前の通りの角に、一階は店舗で二階から上が住居になっているマンションがある。服飾デザイナーの桑田千代子はこのマンションの一階に店を持っていた。

弘資はマンションのすこし手前で車からおり、車をかえした。そしてマンションの横口からなかに入った。横口に、一階の店舗のあいだを通らずに上に行ける階段があった。二〇七号が千代子の部屋だった。インターホーンの上についているブザーを押すと、それは店の千代子の席に通じるようになっている。二階の住居と一階の店は階段でつながっていた。

しばらくして戸が開き、首に巻尺をぶらさげた千代子の顔が現れた。

「いそがしいのかい」

「いいえ。この雨でしょう。仮縫の人があと一人きたら、今日はもう客はこないわ」

年齢より五つは若い三十五、六歳にみえるのは、子をうまないせいだろう、と弘資は千代子に逢うたびに考える。

「雨のなかをよくいらしたわね」

「しばらく御無沙汰したからね」

弘資はレインコートを千代子に手渡すと部屋に入った。

「一時間半ほどお待ちくださる?」

「ああ、いいよ。昼寝をするから」

店で使っている三人の女の子が帰るのは五時だった。弘資がここに来るのは、だいたい今日のような時刻だった。

千代子は茶を淹れてから店におりて行った。弘資は茶をひとくちのむと寝室に行ってガウンに着がえて居間に戻った。それから棚からブランデーの壜をおろし、冷蔵庫からバターを持ってきた。バターをなめながらブランデーをのむのが、千代子の家にきての弘資の習慣だった。くちにこそしなかったが、弘資は鎌倉での日常生活とまったくちがう雰囲気に浸ることで自分の若さを保てる、と考えていた。といっても、はっきりした根拠があるわけではなく、これは気分の問題だった。鎌倉の自宅には、日本人の伝統に根ざした生活があり、千代子のもとにくると都会のなかの密室があった。つかいわけているわけではなかったが、たまに逢う千代子は、九年来弘資には欠かせない存在になっていた。

弘資にとって妻の明子は水のような存在だった。しかし、それは表面だけのことで、明子はまだ水になっていなかった。五十をすぎたら、たがいに残火になるだろうか、などと五十になる前は考えたものだったが、そうはならなかった。妻と契るのは月に四度か五度だった。男と契っているときの女の軀には何度かの頂上があり、その頂上を数度越えないと女は充足しなかった。女も五十前後になれば頂上は一度で済むのだろう、と弘資は考えていたが、そうではなかった。

「このとしになってまだこんな事をするなんて、考えてもいなかったわ。ねえ、わたし達、いつまでこんなことをするのでしょう」

などと言いながら、わたしは行きますが、あなたはまだ行かないでください、と生臭い姿態をみせるのであった。それは女の絶えることのない流れであり、水のような存在だと思えば、たしかにそれは流れている水だった。

千代子もこれは同じだった。

「あと幾日したらあなたがいらっしゃるか、そんなこと、あたしは考えないのよ。このあいだはいついらした、と去った日を数えるの」

と千代子は言っていた。逢わなかった日数だけの分を逢った日にとりかえす、というのが千代子の行きかただった。考えてみると、千代子のこの生きかたはかなり古風だったが、自分がそのように千代子をつくっていったのかもしれない、と弘資は一方では考えていた。デザイナーという職業を持っているので思いを分散できるのかもしれない、と解釈することもあった。

弘資はブランデーをのんでからソファにごろっと横になった。ここにくるとこうしてよく昼寝をした。一時間も睡れば疲れがとれた。といってもここに疲れをやすめるために来るわけではない。妻の明子が生臭いように、六十歳になっても弘資もまた充分に生臭かった。男も女も、その生を終えるまで、たがいに相手にたいする思いが熄《や》むことはないだろう、もしかしたら、これは、人間の動きを深層から規定している原動力かもしれない、と最近の弘資は考えていた。

この日弘資が千代子の家を出たのは夜八時すぎだった。

「横浜まで送りますわ」

これもいつものことだった。マンションからすこしはなれた場所で弘資が待っていると、千代子が車を運転してくる。

目黒をぬけて用賀に出ると、そこから第三京浜の高速道路に入る。横浜まで三十分たらずで行ける。

「十日ほどしたら行くよ」

横浜駅に近づいたところで弘資は言った。

「そんな約束はなさらない方がよいのよ。あたしが待つようになるから」

こんなやりとりもいつものことだった。

車は横浜駅の西口広場に入り、弘資はそこで車からおりた。

「そういうことになるな」

横浜駅からは、横須賀線で帰ることもあればタクシーを利用するときもある。電車にのると、たいがい知人にあう。いずれもしかるべき地位の男達である。おそい時間に横浜から乗るのが月に数度あってみれば、知人から、横浜になにかあるのか、と勘ぐられるので、なるべくタクシーを利用することにしていた。この日もタクシーを利用するつもりでいたが、駅前のタクシー乗場についてみたら、雨のせいか待っている客が多く、電車で帰ることになった。

北鎌倉で降りる人はそれほど多くはない。鎌倉も大船も、山を崩して造成した分譲地がふえたせいか、数年前に比べると電車の乗降客もずいぶんふえていたが、北鎌倉は鰻の寝床のような細長いまちで、宅地造成の場所がなく、住民にそれほどの変動はなかった。

電車から降りると、間もなく踏切の警笛がなる。ホームよりすこし先の鎌倉寄りにあり、円覚寺に行くのに渡る踏切である。ホームのなかにも踏切があるが、ここは駅員が電車が走り去るまで手旗を持って降りた乗客を遮断する。

改札口を出ると、夜の北鎌倉駅前は森閑としている。弘資は雨のなかを歩いて自宅に帰りついた。門の前まで来てほっとする。今日も暮れていったと思う。電車のなかで反芻《はんすう》していた千代子の軀を、門の前で断ちきる。妻を騙している、といった思いはないが、いくらかの疚《やま》しさはある。

家にあがったら九時半だった。この時間だとまだ家族はテレビを観ている。弘一はまだ帰ってきていなかった。銀座のバーで飲んでいるにちがいなかった。

「おまえな、浮気はいいが、絶対に細君にばれないようにやれ」

と弘資は息子に言ったことがあった。どこかで適当にやっているにちがいなかった。

弘資は千代子のところで千代子のにおいを洗いおとしてきたが、自宅でもういちど風呂にはいる。

明子は十時になると床についた。これは夫の時間に関係なく守られていた。

弘資は風呂からあがりビールを一本あけてから床についた。

「あなた、しばらく自分のつれあいに御無沙汰しているとお思いになりませんか」

睡っていると思っていた明子が声をかけてきた。

「そうだったかね。五日ほど前だったろう」

「いいえ、もう十日になりますよ」

「そうかね」

「五日ほど前でしたら、それはつれあいではありません」

「おやおや、そのとしで。では明日ははやく帰ってきましょう」

「明日でけっこうですが、あなた、里子がかわいそうですよ」

「どうしてやることも出来ないではないか」

弘資も今日半日の自分を振りかえり、娘がかわいそうになってきた。

弘資夫婦がわが身に照らしてみて娘をかわいそうだと嘆いていたこの雨の夜、〈岡山〉では客が満員で、工藤保之はウイスキーの水割をこしらえるのにいそがしかった。

工藤は水割をこしらえながら、大学で専攻した機械工学について考えていた。いま、こうして客のために水割をこしらえている自分と機械工学が結びつかなかったのである。それは当然のことだったが、いまはじめて気づいたように、いったい何故こうなってしまったのだろう、と自分に質問してみた。機械化し物質化した文明社会から逃れるためにこうなってしまったとは思えなかった。閉じられた社会から脱出するためにこうなったとも思えなかった。千枝とここに移ってきていらい、母からの脱出、機械化した社会からの脱出などとさまざまに自分を検討してみたが、結局は自分でも原因がわからなかった。

千枝は客うけがよかった。会社をやめてからは、窮屈だといってブラジャーをせずに軀にぴったり合ったタートルネックを着ていたので、軀を動かすたびに豊饒《ほうじょう》な乳房がゆれた。客は三十歳以下の人が多く、男達のなかには、ママさん、おっぱいをさわらせてくれよ、と言うのもいた。

「いちどでいいから、あそこに顔を埋めてみたいよ。マスターは幸福だよ」

こんな声が水割をこしらえている工藤の耳にきこえてくる。だが、しかし、いつの日か、客が羨望《せんぼう》しているあの乳房が色褪《いろあ》せてみえる日がきたとしたら、そのとき俺はどうするだろう……。気持のどこかで、千枝の軀が将来は絶対的でない日がくるような気がしてならなかった。しかし現実の千枝の軀は実によく出来ていた。胸が厚く、胴がくびれ、そこから太股にかけて急な曲線になり、そして膝から下の脚がすっきりしていた。

それよりも、工藤がいまいちばん恐れているのは、ここにかつての会社の同僚が現れることはないだろうか、ということだった。千枝は、知られたら知られたでいいじゃないの、と言っていたが、どこかで世捨人の意識がある工藤には、千枝のように居直るだけのちからが湧いてきそうもなかった。

ひとしきり客が混んだあと、数組が帰り、それからぽつぽつと客が現れるようになった午前一時すぎ、工藤は、めしを食ってくる、と言いのこして店をでた。雨のなかを歩いて数軒さきの和風スナックに入ると、酒をもらった。煮魚、野菜の煮つけなどをここに食べにくるのであった。千枝は肉がないと日が暮れない女だった。

酒が胸にしみた。雨の音がしていた。麹町はどうしているだろう……。ここからそこは近いのに、いまの工藤にはもっとも遠い場所になってしまっていた。はじめての孫だと喜んでいた仙台の母の顔がよぎっていった。だが俺は、毎夜ウイスキーの水割をこしらえて他になにもせず、これで日を送って行くのだろうか……。

六月

水は浅いが、山裾にあるかなりの広さの池の一隅に花菖蒲《はなしようぶ》が叢《むらが》っており、ひらききった花、なかば開いた花、これから開こうとしている蕾《つぼみ》が、紫と白に彩られ思いおもいの風姿で、まるで女が群れているように午後の陽光の下でにぶく耀《かがや》いていた。目をあげると、疾うに花の散った青葉の海棠《かいどう》の向うに本堂が鎮まっており、本堂のうしろと左右は、新緑の山の斜面がこちらに向って流れている。せまい谷戸に浄福を思わせるような六月の午後が展《ひろ》がっていた。

「光則寺に花菖蒲があったとは知らなかったわ」

里子は本堂の裏の新緑を眺めあげ、この境内を訪ねてきたのは何年ぶりだろう、と女になる前の季節を振りかえってみた。まいねん父母といっしょに四月なかばに海棠のさかりを眺めにきた境内だった。

「花菖蒲って、年々ふえてくるのでしょう。あなたがいらした頃は、こんなになかったのよ」

栗田綾江《くりたあやえ》が言った。

「そういえば、あの頃は、鎌倉のまちもこんなに混んでいなかったわね」

「ここ数年、長谷はひどいものよ。昔は、大仏さん、長谷観音さんといって、気楽に境内に遊びに行けたでしょう。最近はこの二つのお寺さんは住民の鼻つまみなのよ。観光バスから降りる客から観覧料をとって、大仏さんなんか、新築の家がすごいの。それで観光バスの行列が住民に迷惑をかけているのに、知らん顔でしょう」

「うちの父もそんなことを言っていたわ。市の役人と市会議員が無能だって。奈良では数年も前から日曜祭日は市外の車を入れないんですってね」

「四月だったけど、駅前の喫茶店に入っていたら、となりの席にすわっていた学生達が、住民に迷惑をかける寺は連合赤軍にたのんで燃やしてしまえばよい、と言っているのをきき、ひどいことになったものだと思ったわ」

「それはまた物騒なおはなしね」

里子にしてみれば、それはどうでもよい話だった。ちかくの幼稚園に欠員があり、克男を入園させたのは五月はじめだった。六月はじめの今日まで、それだけが唯一の変化で、日々を蟄《ちっ》居《きょ》同然の身ですごしてきた春だった。麴町のマンションには週に一回のわりで、なにか手紙はきていないか、と見に行くようになっていたが、綾江に会ったのは、四日前の午後、麴町に行った帰りの電車のなかでだった。

綾江は、長谷の通りに古くからある骨董屋の一人娘で、きれいだとひとから言われながら縁がなかった。

「骨董屋の一人娘のところになど来る男はいないのよ」

と綾江は電車のなかで言っていた。言いかたが朗らかで自嘲のひびきがないのがそのときの里子にはありがたかった。

横須賀線の電車のなかで、まだ独身だという綾江に親近感をおぼえたのは、夫に去られた女として当然のことだったかもしれない。男に置きざりにされた女のみじめさ、といった為体《えたい》の知れない感情を、里子はここ二カ月のうちに幾度も味わってきていた。それは暗く、どこかで熱っぽく、そして寂しい感情だった。休日などに買物に北鎌倉駅前の通りにでると、よく子づれの若い夫婦が歩いていた。羨ましい、というのではなく、あれが夫婦の常の姿だろう、と視たのである。里子の知るかぎり、父も母も幸福な夫婦だった。兄夫婦もそうだった。その夫婦に、たまさか小さな風波がたったにせよ、大きく眺めてみると、やはり間然するところがなかった。

「無責任な男達がふえてしまったのね。それで御主人の実家の方達はなんとおっしゃっているの？」

綾江が花菖蒲に視線を移しながらきいた。

「しばらく待ってみてくれと言われているの」

「それもまた無責任なはなしね」

「あなたにさそわれて訪ねてきたけど、気晴らしになったわ」

里子はほっとためいきをついた。

「骨董屋なんて、やくざでひまな商売なのよ。気が向いたらいつでもいらっしゃいよ。それより、あなた、すこし外に出てみる気持はないかしら」

「外に出るって……」

「あなたも御存知のように、うちでは夏場だけ軽井沢に店を出すでしょう。結構商売になるのよ。こんどね、田園調布に小さな店を出すことになったの。東横線の田園調布駅にちかいところにあるビルのなかだけど、週に三回、それも午後だけ店をあける予定をたてているの。あつかう品が品だけに、信用できる人でないと店におけないでしょう。小遣いていどの給料しかあげられないけど、気晴らしになるようだったら、いらしてくださらないかしら」

里子は話をきいているうちに気持が動いた。二カ月も閉じこもっていた身に、それは窓をあけてくれるような話だった。

「ありがとう。とても嬉しいはなしだわ。相談することもないけど、戻ってきて世話になっているでしょう、だから、家の人達にちょっと話してみるわ」

「見様見真似で骨董屋になってしまったけど、結構おもしろいのよ。あたしに縁がないのは、骨董屋の一人娘だということが原因なの。父親に小さいときから本物しかみせてもらえなかったでしょう。本物だけを何年も見せられ、ある程度目が出来たとき、にせものを見せられたわ。そのとき違いがすぐわかったわ。知識ではなく感覚なのよ。養子を迎えるといっても、骨董がわかる男でないと駄目だ、といった考えが、親子のあいだでうまれてしまったわけ。考えてみると不幸な話よ。でも、もう後には引きかえせないのよ」

綾江は莨をとりだしてつけた。

「面白いはなしね」

里子は、器用な手つきで莨を喫んでいる綾江のゆびの動きをみた。

「面白くなってくると、もうこの商売はやめられないの。客にもいろいろな人がいるわ。一目みて買う人、吟味して買う人、これ貰って行くよ、といって品物を持って行き、半月ほどして、いいものだが自分には向かないから、と返しにくる人、絶対に買わないが目が利く人、といろいろあるのよ」

「わたしにはよくわからないけど、面白いはなしね」

里子の知らない世界だったが、絶対に買わないが目が利く人、というのは面白いと思った。しかし、綾江がいろいろと話すのをききながらも里子は目前の風景を視ていた。池の西側が翳《かげ》りはじめていた。まだ午後もはやい時間なのに、境内の西側が山の斜面になっているせいだった。水面に影ができてみると、池の明暗がはっきりし、まだ陽のなかにいる花菖蒲が里子には眩しすぎた。ことに開ききった紫色の花瓣《かべん》は熟れすぎた女の裸を思わせた。やわらかい花瓣が上に開いて先端が下に垂れているのに、茎はしっかりし、根もしっかり水中に張っている感じだった。まるで女が軀を開いている姿態だった。ながく視つめていると淫らな思いにさそわれていった。

「わたし、そろそろ失礼しなくては」

里子は花菖蒲から目を逸らし、綾江を見た。

「田園調布の店の件、考えておいてくださる？」

「たぶん勤めさせてもらうようになると思うわ。相談してみないとわからないけど」

光則寺の境内を出てくると、六月のまちの陽ざしが暑かった。衣更えの季節であった。梅雨期に入る直前の短い華やかさといった雰囲気があり、陽ざしは暑くてもまだやわらかだった。光則寺の境内にいたときには、新緑と池の水と花が六月の陽光を吸いこんでしまい、ある静寂さが保たれていたのに、まちでは陽の光が建物や道路にはねかえり、光のひとつひとつが円《つぶ》らに見えた。

綾江とは観音前のバス停留所前でわかれ、バスで鎌倉駅にでると、電車で北鎌倉に戻った。家についたら、幸江が台所で牛蒡《ごほう》を刻んでおり、明子は幼稚園から帰った克男をつれてアイスクリームを買いに出かけた、と言っていた。牧子には子供の学校友達の母親が二人きており、客間でしゃべっていた。

里子は水をいっぱいのんで自室に入り、普段着の紬にきがえた。肌が汗ばんでいた。麴町から上布《じようふ》を持ってこなければ、と考えながら着がえをすまし、庭を眺めてひとやすみした。ここに戻ってきた山桜の頃がおもいかえされた。山の斜面の山桜は遠くから眺めると白、うすくれない、緑と彩りがあった。花と葉の色が混然としているせいだった。しかし六月の緑はすでに平均にならされていた。それだけ日が過ぎていったのだ、と里子は庭の緑を眺めて思った。

あくる日の朝、里子は、父が出勤するときいっしょに家を出て麴町のマンションに行った。弘資が北鎌倉駅に入るのはたいがい十時前後だった。この時間なら、グリーン車も北鎌倉駅でかなり空席があった。

「週三日で午後からの勤め、といったら、遊びのようなものだ。家に閉じこもっているよりはましだ。牧子に気がねせずに行った方がよい」

電車がホームからはなれたときに弘資が言った。

「克男がいる分だけ牧子さんに世話をかけることになるでしょう」

「大丈夫だ。あれは嫁としたらよく出来た女だから。……それより、自分の新しい道を見つけることだ。自分を賤《いや》しくしないことだったら、どんな新しい道でもよい、と父さんは思うな」

「そんなに簡単に新しい道がみつかるはずもないでしょう」

「それはそうだ。無理に見つけようとして見つかるものではない。地下水みたいなものだろうね、新しい道というのは。地面を掘っているうちに地下水の湧出《ゆうしゅつ》にであうようなものだろう。出あったら、その水はもっとも清冽だ。これ、すくないが、とっておけ」

弘資は上衣の内かくしからとりだした封筒を娘の膝においた。

「これ、なんですの？」

「なに、慰めのない娘に、夏の着物を一枚贈ろうと思ってね。自分で見立てた方がよいだろう」

「ありがとう。でも、戴いてよろしいんですか」

「家の者には内緒だ。不幸にめげずにきれいな女になることだな」

弘資の口調はさりげなかったが、里子はそこに哀しいほどの父親の感情をよみとった。

父親は東京駅のホームでわかれた。

里子はタクシーで麹町につくと、五日ぶりの窓をひらき、外の空気をいれた。部屋は夫が家を出て行ったときと変りはなかった。残された者にとっては変えようのない部屋だった。人が棲んでいない部屋にしろ、工藤保之は里子にはまだ遠い男にはなっていなかった。帰ってこないと考えた方がよい、と父から言われていたにせよ、それを納得するまでにはかなり時間がかかりそうだった。

手紙が三通きていた。夫あての葉書が二通で、一通は里子あての封書だった。葉書のうち一枚は往復はがきで夫が卒業した東北の大学の同窓会の通知、一通は友人の転居通知だった。里子は自分あての封書の字体を視つめ、しばらく封を切るのをためらった。それはまぎれもない夫の字体だった。宛名は、工藤方の朝永里子になっていた。裏には工藤保之とだけ書いてあった。消印は新宿局だった。仙台の夫の生家に届いていた手紙も新宿局の消印だったのをおもいかえし、新宿のどこかにいるのだろうか、とふっと窓の外をみた。

この封書はポストからとりだしたとき最初に目についた。字体も夫のだとすぐわかった。週に一回ここに戻ってくるのは、夫からの便りがないか、ただそれだけのためだった。葉書にさきに目を通したのは、封を切るのがこわかったからである。

手紙の内容は、置手紙とほぼ同じだった。

申しわけないと思います。あなたには似合わない男なんです。どうか離婚届に印判をおしてください。お願いします。

六月八日

工藤保之

朝永里子殿

妻をよぶのに〈きみ〉が〈あなた〉になり〈様〉が〈殿〉になっていた。

これで他人になったつもりでいるのだろうか、と里子はちょっとのあいだ、まるで自分に関わりのないことのように、朝永里子殿の五文字をぼんやりみた。平凡な字体だったが、夫の字にまちがいなかった。離婚届に印判を押してくれといっているが、仙台の役所にそれをたしかめに行ったのだろうか……。仙台からは五月六月と月はじめに五万円送金されてきていた。六月のときは、気が向いたらまた仙台にきてもらいたい、と手紙が同封されていた。

上布を二枚、浴衣を三枚とりだして風呂敷に包んだ。それから戸じまりをしてマンションを出てきた。こうして鎌倉と麴町を往復しているうちに、やがて、父に言われたように、待つことにくたびれてしまう日が訪れてくるのだろうか……。マンションの前から南にしばらく歩くと新宿通りに出る。右に行けば四谷、左に行けば半蔵門である。里子は通りを横切って平河町の方に出た。簡単な昼食をとるつもりだった。その辺一帯は、国立劇場の裏側にあたり、こぎれいなレストランがかなりあった。かつて夫とともに通った店もあった。ステーキのおいしい店、スープのおいしい店、グラタンのおいしい店、とたのしいおもいでがあった。おもいで、といっても、それらの店は里子の裡《うち》でまだ現実に生きていた。はっきりおもいでになる日がきたら……。それを考えるのはこわかった。

かつて通いなれた店は避け、里子は小さなスナック風の店に入り、コーヒーとサンドイッチを注文した。

やがてそこを出てきた里子は、タクシーで東京駅にむかった。街のなかも横須賀線の電車のなかも、真夏に入る前の爽やかさが充ちていたが、その爽やかさが里子にはつらかった。爽やかさは皮膚感覚だった。風呂に入ったとき、石鹼で軀《からだ》を洗っても、脂ののった皮膚が湯をはじいた。春から初夏にかけて、水をはじく自分の肌を、なにか哀しいものをみるように眺めてきたのである。

里子は北鎌倉を素通りし鎌倉駅でおりた。そして駅前の菓子屋により、そこに荷物を預け、菓子をひとおり求めて、江ノ電の駅のホームに入った。

長谷駅をおりて左にまがり海岸の方に歩くと、道はT字になり、左にゆくと海がひろがっている。右におれると極楽寺坂の切通しである。

切通しの登りくちまでは三、四百メートルもあろうか。両側は商家や住宅で、静かなまちなみだった。登りくちの北側には虚空蔵堂《こくうぞうどう》があり、坂道をしばらくのぼって行くと、南側に成就院がある。そして登りつめたところで右に極楽寺に通じる道がある。臨済宗建長寺派の永明寺は、この坂道をのぼりつめるすこし手前で北の山をあがったところにあった。

坂道には木もれ日が散り風が吹きぬけていた。やがて朽葉のつもった山の斜面の道をのぼり永明寺の境内にでた。山ふところに鎮まっている簡素な禅寺である。本堂の裏山で山鳩がないていた。ここもむせかえるような新緑だった。里子は庫裡《くり》の前に歩いて行き、ごめんください、と声をかけた。庫裡は本堂の東側に直角に建っており、はりかえたばかりとみえ書院の障子が白かった。もう何年ここに来ていないだろう、と声をかけてから茶と花を習いに通った娘時代をふりかえってみた。生家を出てから最後にきたのは二年前の春だった。

書院の障子がひらき、濡縁に出てきたのは慈山老師だった。

「ごぶさたしております。朝永です」

里子は頭を下げた。

「朝永さんの娘御か。里子さんだったたな」

「はい」

「あがりなされ。裏庭から入りなされ。一服進ぜよう」

老師は書院に入り障子を閉めてしまった。

里子は庫裡の東側にまわった。そこは竹林を背景にした露地だったが、いわゆる茶室の庭園ではなかった。外露地も内露地もなく、石燈籠《いしどうろう》もなく、書院茶室の前に大きな鞍馬石《くらまいし》の蹲踞《つくばい》があり、白砂の庭には富士石が二つ、かたわらに皐月《さつき》が一叢《ひとむら》刈りこまれている。茶室に行くには、四つ組に一つ居添えた五つ連れの石を踏む。露地でもない枯山水でもない庭だった。石のかたわらには蹲踞から落ちた水が流れている。水路は早川石の溝で、雨水もそこに流れ入るようになっている。

里子は蹲踞の水をすくって手をぬらし、それから茶室に入った。

「父上も母上も元気かの」

「はい。おかげさまで元気です」

「元気なのはなによりじゃ」

老師は無造作に釜の蓋の撮《つまみ》をとると、鐶付《かんつき》を支えにして蓋を釜の肩にかけ、柄杓《ひしゃく》で湯をくんだ。床の間には竹筒に桔梗《ききょう》が一輪、掛物は義堂周信《ぎどうかねのぶ》の書であった。

　出得不得　渠儂得自由
神頭幷鬼面　敗闕当風流

ずいぶん以前に里子はこの頌《しょう》の意味を老師からきかされたことがあった。老師が建長寺の管長をつとめていた頃だった。

この頌は〈無門関《むもんかん》〉のなかにあり、出得《しゅっとく》するも出得せざるも、渠《かれ》も儂《われ》も自由なり、神頭《しんず》は鬼面と共にならび、敗闕《はいけつ》も当《まさ》に風流なり、と意訳して読み、人間はめいめい好き勝手なことをやっていいが、ときには失敗もあるだろう、その失敗もまた風流のなかの出来事である、と当時老師は解釈してくれた。

茶を点《た》てる七十三歳の老師の所作は無造作そのものだったが、しかしちゃんとした流れがあった。

茶碗は無銘の志野だった。

里子は礼をのべ茶碗を戻した。

「東京の生活はどうじゃの」

「春からこちらに戻ってきております」

「越してきたのか」

「いいえ。……亭主に逃げられてしまったのです」

亭主に逃げられた、といった表現が俗な響きをあたえずに通用する書院茶室だった。

「比率から言ったら、亭主に逃げられた女は、亭主と生涯をともにしている女よりすくないはずだ。貴重な存在だ」

「そう解釈してよろしいのでしょうか」

「ほかになにかよい解釈があるかね」

「いいえ」

「その貴重な存在が出発点になる。むずかしく考えないことだ」

いつ来ても思うことは、永明寺の庭にはつかみどころがない点だった。大きな鞍馬石の蹲踞に流れ、大小二個の富士石と一叢の皐月、白砂の庭にあるのはこれだけで、その向うに竹林、といった発想が、里子にはつかみきれなかった。飾りがまったくない庭で、それでいて眺めているると心がやすまった。竹林の向うには空がひろがっていた。老師がこの庭をつくったのは四十代のはじめだということだった。里子がこれをきいたのは娘時代で、話してくれたのは、四年前に没した老師の妻だった。竹林の向うにひろがっている空は、高く見える日もあれば低く見える日もあった。白砂の庭それ自体は簡潔に乾燥しており、いつも茶室と竹林のあいだを横に風が流れている感じをあたえてくれた。それは、水が流れているように風が流れているように見えた。

「ありがとうございました」

里子は礼をのべ、茶室を辞した。

「山門まで見送ろう」

老師は庭下駄をつっかけ先を歩いて表庭に出た。

山門を出たところで、老師の息子の妻が下からあがってくるのに出あった。

「あら、里子さんじゃありませんか」

この人もすでに四十をこしたのだろう、三人の子もちで、夫は大学で仏教哲学を講じており、わたしは茶と花を習いに通っていた頃、この時枝《ときえ》さんの美しさに目をみはったものだったが……。そんなことがいちどに里子の頭のなかをよぎっていった。

「茶を所望して戴いてきたところです」

里子は深く辞儀をしながら、あいかわらずきれいなひとだ、と思った。

「里子さんも貴重な存在になっての」

老師が言った。

「どうかなさったのでございますか?」

時枝がまじまじとこちらをみた。

「あら、困ってしまいますわ」

里子は老師をみた。

「ときたま茶を点てにきなさい。このひとにはわしから話しておく」

老師は右手をあげて山をおりて行けと合図した。

「また伺わせてもらいます」

里子は老師と時枝に一礼をし、山をおりてきた。失敗もまた風流のひとつに数えられれば、それはたしかに苦痛から解放される方法かもしれない、と里子は掛けものの頌をおもいかえした。

極楽寺坂を降りながら、なにかしら気がかるくなった感じがした。嘆いてもはじまるものではない、そんな思いがよぎっていった。悩みを抱いて生家に戻ってきたとき、いつかはこの坂道を登る自分を視ていたが、老師から、貴重な存在だと言われてみると、貴重な存在なりの生きかたもあろう、と思えてきた。禅僧の逆説的な言辞だとは思わなかった。

鎌倉駅前に戻り、菓子屋にあずけてあった荷物を受けとり、北鎌倉に戻ったら、綾江さんから電話があったわ、と牧子が知らせてくれた。田園調布の店開きをいそいでいるのだろうか、と里子は考え、長谷の綾江の店に電話をいれてみた。

「せかすようだけど返事を待っていたのよ」

と綾江は言った。

「勤めさせてもらうことにしたの。返事はまだいいだろうと考えてゆっくりしていたのよ」

「それが、あなた、今月末には店開きなの。ねえ、来て戴けるのなら、明日、田園調布にいっしょにいらしてくださらないかしら。もちろん午後でよろしいんだけど」

「わたしはかまいませんが……」

「それじゃ、明日、鎌倉駅を一時頃の電車に乗るわ。北鎌倉駅のグリーン車のつくホームでお待ちになってよ」

商売をやっているせいだろう、話をてきぱきときめていった。要するに、これから開く店をいちど見てもらいたい、ということだった。里子は明日の同行を約束して電話をきると、自室に入って着がえをすました。

日々に新緑が平均化されて行く……。里子は永明寺を囲んでいる山の新緑、極楽寺坂の新緑をおもいかえし、もし、遍在している自然にとけこめたら、と自分の内面を視た。生家に戻ってきてからというもの、自然の移りかわりが心にしみすぎた。東京の生活では経験しなかったことだった。春愁の日々をすごしてきて、新緑の彩りが平均化してきているいまは、わが身ひとつが哀れだった。

あくる日の昼、里子は家族と昼食をすませて家を出た。駅では、一台目の電車をやりすごし、つぎにきた電車の窓から綾江が顔をだし、ここよ、とさけんだ。

綾江が店をだすビルディングは、東横線の田園調布駅をおりて自由が丘に行く途中にあり、近くを環状八号線がぬけていた。一階と二階が店舗で、三階から六階までが会社の事務所と住居になっている。当世どこにもある造りの建物で、綾江の店は一階にあった。すでに三分の二以上が開店しており、綾江の店は大工が入っているところだった。

「どこにだって希望はあるものなのよ」

綾江が大工と話してから出てきて近くの喫茶店に入ったときに言った。

「あなた、希望をなくしたことがおありなの？」

席についてから里子がきいた。

「なんどもあるわ」

「商売のことで？」

「商売ではそんなことはなかったわ……」

綾江は、男に裏切られた経験を小声で語った。この前、光則寺で綾江が話していた、絶対に品物は買わないが目が利く男がおり、その男と恋愛をして裏切られた、という内容だった。

「妻子がいる四十男だったの。気がついてみたら、その人、骨董を眺める目であたしを眺めていたの。きりきり舞いしたわ。こうして商売をやっているから、なんとか溺れずにすんだけど、その人と別れたとき、結局、商売に打ちこむことで希望をつないでいったわ」

綾江は終ってしまったこととしてさりげなく語ってくれたが、たいへんな世界だったろう、と里子は想像した。

店は六月末に開くことになるが、出勤は、日曜、水曜、金曜日の午後一時から六時までとし、月給は交通費を別にして三万円、と綾江は話した。

「遊びのような仕事でそんなに戴いちゃわるいわ」

「そんなことないわよ。そのうちに、三万円じゃ廉すぎる、と思うときがくるかも知れなくってよ。客のなかには、これ、おいて行くから見ておいてくれ、と品物を預けて行く人もいるわ。大きいものでなかったら、鎌倉に運んでもらうこともあるし、結構いそがしいときもあるのよ」

どこにだって希望はある、という綾江の考えかたが里子には面白かった。失敗は失敗として認め、男から引きかえして商売に徹することに希望を見出した、という綾江をみていると、なにか流れのようなものが感じられた。それも細い流れではなく勁《つよ》い流れの感じがした。

「それでは、わたしも、ここに通いながら、なにか希望を見出すことにいたしましょう」

里子はなにかしら明るい感情になった。週三日でもここには未知の仕事がある……。骨董がわからなくとも勤まる仕事だった。

「骨董屋はほかの店とちがって客の出入りがないのよ。だから、用があるときは店を閉めて外出してもかまわないわ」

のんびり勤めてくれればよい、と綾江は言っていた。

綾江の長谷の店は奇瑋堂《きいどう》といった。奇瑋とは珍しく美しいという意味だと綾江は話してくれた。したがって田園調布の店は奇瑋堂田園調布店ということになった。

里子が実際に店を手伝いはじめたのは六月二十五日からだった。綾江は鎌倉から車を運転して品物を田園調布に運んだ。里子は店を掃除し、花を活けたりした。四坪の店に一坪半の控室の広さだった。店は場所をゆったりとって品物を並べた。がらくたは扱わないのが奇瑋堂のやりかたで、田園調布の店に並べたのは、南宋時代の青磁香炉、明時代の五彩花鳥文方壺《ごさいかちょうもんほうこ》、同じく明の五彩唐草文鉢《からくさもんばち》、李朝《りちょう》の茶碗が三つ、これが主で、あとは志野と唐津《からつ》だった。

店のウインドーのすみには、

開店日
日曜、水曜、金曜、午後一時

と書いた木札をおいた。店が開いていない日でも通路から店内の品物が眺められた。ビルのなかにある店全体の開店と閉店は管理人がやっていた。

贅沢に品物をならべ、そこに花を活けてみると、これはまた沈んだはなやかさが漂い、里子は気持が落ちついてきた。花は鉄線を一輪、竹筒に投げこんで青磁香炉のかたわらにおいた。

「あなたがそこにそうしてすわっていると、これはもうぴったりよ」

と綾江は言った。

「なにがぴったりなの?」

「ふるい焼物に花、そしてそこに女がすわっているなんて、いい眺めじゃないの。あなたの亭主も目がないわねえ、こんないい女を捨てて他の女と駈けおちするなんて、あなたも、いいひとが見つかったら、さっさと恋愛しちゃえばいいわ」

綾江はまるでけしかけるような口調だった。いいひとが見つかったら……そんなことがおこるだろうか。綾江にそう言われただけで、対象は漠としているのに、里子の心の奥底であやしい思いがした。

梅雨期だというのに、それほどの雨もなく、里子は解放されたような感情で田園調布に通った。奇瑋堂からもらう三万円は小遣銭になるだろう。仙台から送られてくる五万円はそっくり生家の台所に入れていた。家族はいいと言ってくれたが、牧子の手前そういうわけにもいかなかった。台所は牧子があずかっていたので、これからいつまで世話になるかもわからない身であってみれば、五万円はすこし多かったが牧子への礼の意味もあった。

出勤は、帰りの電車が混んだが、それも週三回では苦にならなかった。庭の梅の実がずいぶんと肉づき、皐月はもう花が終りだった。

こうして六月がすぎていった。ずいぶんあわただしい一ヵ月だった。七月になり、里子は、しばらく麴町に行っていないのをおもいだし、明日は早目に家を出て麴町をまわってから店に行こう、と考えた。

路地

七月に入ってからはよく雨がふった。つゆあけの直前に雨の日がつづく、と新聞はしらせていたが、その通りよく雨がふった。

〈岡山〉の前の道を隔てた向うは東大久保で、工藤は昼頃おきて食事をすませると、たいがいこの東大久保の辺を一時間ほど歩いて戻った。いまでは仕入れも千枝がやっていたし、工藤の仕事は夜になって水割をこしらえるくらいのことだった。

東大久保の一角には医科大学があり、そのそばをぬけて向うに行くと、寺があり保育園があり神社があった。ところどころに大きな屋敷があったが、しかし全体に裏まちの雰囲気が漂っており、工藤は路地から路地をつたって歩いた。番衆町から靖国通りにでると、そこはもう都会のなかで、工藤はなるべく人気のすくない方へと足を向けた。いちど新宿御苑に入ったことがあった。そこには日本庭園があり西洋庭園があり池があった。そのとき工藤は、なにか場ちがいなところへ来てしまった感じがした。よく手いれされた庭園を眺めているうちに、ここはいまの自分に相応しくない、と思った。

それから東大久保の辺を歩くことにした。路地から路地をつたって行くと、そこには生活のにおいがした。焼魚のにおいが漂ってくることもあった。庭がないので玄関前に鉢植の花を並べている家もあった。〈岡山〉は日曜日は休業した。千枝は日曜日の夜は外で食事をしたがった。新宿の繁華街のレストランにいっしょに行ったことがあったが、工藤はそこでも場ちがいなところへ来てしまった感じを受けた。裏まちのひっそりした一膳飯屋の方が性《しょう》に合っていた。ラーメン屋や蕎麦屋の方が安心できた。フォークとナイフを使っての食事はいまの工藤には苦手だった。かつて麴町にいた頃、よく妻子をつれて平河町のレストランに出かけ、そんな食事をしたことがあったが、いまは人のいない場所の方がよかった。そして、みすぼらしいもの、卑賤《ひせん》なものに惹かれていった。かつては、仕立のよい背広に真白いワイシャツ、そして流行のネクタイをつけ、靴はいつも磨かれており、どこに出ても一流会社の社員として通用していたのに、それはもう工藤には遠い世界になっていた。俺は臆病で卑怯な男かもしれない、そうだとしても、もう以前の世界には戻れない……。

ときたま東大久保から市谷富久町や余丁町《よちようまち》の一角に足をふみいれることがあった。会社に勤めていた頃には、歩く道がきまっていた。何年で課長、何年で部長、そしてちからのある者はやがて取締役に出世する、というように歩く道が整然ときまっていた。いまこうして目的地もなく自由にあてどなく歩いていると、かつての日常が嘘のように思えた。歩いていて安堵があった。

保育園のとなりに中学校があり、中学校のそばをぬけてすこし行くと神社があった。工藤は神社の手前でひきかえし、雨のなかを〈岡山〉に戻った。

工藤は裏まちをあてどなく歩いている自分に安堵しながらも、一方ではそんな自分を検討していた。もしかしたら、いま俺は意識が混濁しているのではないだろうか、譫妄《せんもう》状態に陥っているのではないだろうか、あるいは意志消失の状態に陥っているのではないだろうか……。

ここには一種の反省的判断力が働いていたが、しかしこの検討はながくはつづかなかった。すぐ現状の自分に戻り、千枝との日々におのれを託してしまうのであった。いちどでいいからあそこに顔を埋めてみたい、と若い客がいっていたように、工藤は千枝の軀《からだ》に埋もれて行き、ああ、ここは極楽だ、とすべての意識から解放されて行くのであった。

工藤は里子と結婚するまで女を識《し》らなかった。新婚旅行は京都と奈良の秋色を観てまわったが、一週間の旅先で、妻の軀にはじめてふれたのは三日目の夜だった。それまで母親の庇護の下で育ってきて、はじめて一人前の男になろうとしているのに、どんな方法で妻といっしょになればよいのか見当がつかなかった。そして、とにかく男になり旅から戻ってきたが、それから約半年というもの、妻の軀にふれるのがこわかった。女の軀を解きほぐす方法を知らなかったのである。妻からさそいかけてくれないだろうか、となんども思った。母の影がこんなにもつよいものか、と絶望状態になったこともあった。結婚して二年がすぎた頃から、どうやら男として振るまえるようになったが、閉塞《へいそく》された精神状態はそのままだった。

店に戻ったら久米陽子がきており、千枝と店をあける準備をしていた。

工藤は二階にあがり、コーヒーを淹れた。夕方まではたいがい雑誌や新聞を読んで二階ですごした。ぼんやりしているときもあった。時間をもてあますということがなかった。一日中でもぼんやりしていられた。母から、社会から解放された工藤にとっては、ぼんやりしているときが自分をとり戻したときだったかもしれない。千枝はいろいろなことを教えてくれた。千枝を識るまで工藤は女の軀の構造を知らなかった。男と女の生理構造のちがいを、千枝は言葉ではなく軀で教えてくれた。そこで工藤は里子とすごしてきた年月をふりかえり、自分が如何《いか》に男でなかったかを思いしらされた。千枝は夜は娼婦になった。里子とのぎごちなかった夫婦生活は、しかしあれはたがいにどうしようもなかった事だった、もしかしたら里子は充足を得ていなかったかもしれない……。こんなことを考えると自己嫌悪におちいった。

工藤はコーヒーをのみながら、里子は麴町をひきはらって鎌倉に帰っただろうか、と考えてみた。子供はどうしているだろう……。東大久保の保育園の前を通りすぎるたびに、子供をおもいだしていたが、しかし工藤はどうすることも出来ない自分を視ていた。

里子が鎌倉に帰っているかどうか、工藤はまちを歩いているときによく考えた。麴町の部屋がおもいかえされた。工藤は莨《たばこ》を消してたちあがり、廊下に出るとレインコートを着た。

「あら、また出かけるの？」

店におりて行ったら千枝が声をかけてきた。

「ああ、ちょっと……」

「どこへ？」

「そこら辺だ」

工藤は傘を持って店を出た。どういうつもりなのか自分でもわからなかった。雨のなかを番衆町から新宿一丁目をぬけ、地下鉄の御苑前駅に入った。

池袋行にのって四谷でおりた。そこから麴町までは歩いて十数分の距離である。かつて会社に通っていた頃は、四谷から乗り赤坂見附で銀座線に乗りかえて新橋に出たものだった。

工藤は通いなれた道を歩きながら、会社から自宅に帰るような錯覚におちいっていた。かつて雨の日にこうして会社から家に帰ったことがあった。それは何度もあった。それがつい昨日のことのようにも思えたし、ずいぶん昔のことのようにも思えた。工藤は歩きながら時間錯誤に陥っていた。

そしてマンションの前についたとき、俺は今朝ここから出て行ったのだろうか、と考えてみた。

エレベーターに入り、五階で降りた。降りると放射線状に通路があり、工藤は一本の通路をゆっくり歩いて自分の家の戸の前に立った。工藤保之と標札がかかっている。工藤はブザーを押そうとしたとき標札に目をとめ、手をひっこめた。しかし俺はいま番衆町に棲んでいる、この家にいる工藤保之は、いまこうして標札を眺めている俺とは別の男なのか……里子はここにいるのだろうか……。

工藤は自分の名前が書かれた標札を眺めているうちに不意に現実にかえった。同時に為体のしれない恐怖をおぼえ、戸の前からはなれると足ばやにエレベーターの方に戻った。そしてエレベーターのボタンを押したが、一階で停ったままなかなかあがってこなかった。工藤は足もとを視つめ、エレベーターがあがってきて戸が開くのを待った。いまにもうしろから里子に呼びかけられそうな気がした。

やがてマンションを出てきた工藤は、逃げるような足どりで四谷駅に向った。うしろから里子に呼びかけられそうな恐怖感は番衆町につくまで去らなかった。

やがて厚生年金会館の建物をみたとき、やっと自分にかえってきた気がした。しかし俺は何のために麴町に行ったのか……。工藤は厚生年金会館を右にみて左の道を入りながら、夢からさめたような感情になり、番衆町から麴町に行き、そして戻ってきた自分をふりかえってみた。工藤が、里子にうしろから声をかけられるのではないか、と恐れたのは、逃避本能からきていた。妻子のもとを出て千枝と同棲しだした日から、それまで積みかさねてきた世界が崩れ去り、内面的にも外面的にも分裂が生じた。そうなると逃げて行く場所は千枝の肉しかなかった。里子との生活はひとつの経験だった。千枝との現在の生活も別の経験だった。経験しているうちは、その世界は統一されていた。経験はひとつの運動といえた。すると、ひとつの経験をしてつぎの世界に入って行くには時間と空間が必要であるはずだったが、いまの工藤にはその観念がなかった。工藤が、何故千枝とこうなってしまったのか解らない、というのがそれだった。千枝との生活は見かけかもしれない、と工藤は千枝の肉から離れるときにしばしば考えた。たとえば、流れる雲に囲まれた月が反対の方向に動いて見えることがあった。しかしよく見ていると、月は動かず、雲が流れていた。ところがいまの工藤には月は見えず雲だけが見えた。月が動いているのではない、と知っていながら、月が動いている、としか見えなかった。

店に戻ったら、客が三人きていた。二十歳前後の女の子で、マカロニグラタンを食べていた。工藤はだまって二階にあがった。そしてレインコートを廊下の壁にかけて部屋に入り莨をのんでいたら、千枝があがってきた。

「どこを歩いてきたの」

千枝は工藤の前にすわると莨をつけた。店ではなるべく莨をのまないようにしており、手が空いたときに二階で莨をのむ習慣だった。

「そこら辺だ」

「ながかったじゃないの。あなた、退屈しているんじゃない？」

「いや、そんなことはない」

「あたしとのこんな生活を後悔しているんじゃないかしら」

「どうしてそんな風に考えるんだい。はじめから計画してやってきた事じゃないか」

工藤は莨をのみおえると、ごろっと横になった。雨のなかを、東大久保の路地を歩き、麴町を往復してきてすこし疲れをおぼえた。

「あたしには負目があるもの。あなたが機嫌がわるいとつらいわ」

「僕はいつもと同じだよ。変な風に考えないでくれ」

「ねえ、本当のことを教えてよ。どこへ行ってきたの？」

千枝は莨を灰皿にもみ消すと、工藤の胸の上に倒れてきた。かつて妻とのあいだでは信じられなかったような男と女のいとなみが千枝とのあいだでは起きた。それもたまにではなく、しばしばだった。

「ねえ、あなた、まさか、麹町にでかけたんではないでしょうね」

千枝は工藤の上からぐいぐい自分の軀を押しつけ、くちびるを求めた。

千枝にはどこまでも撓《たわ》む肉の芯に火の塊のようなものがあり、それが男を焼きつくしてしまうのではないか、と工藤は感じることがあった。そして、焼かれながら、このまま溶けて消えてしまいたい、と思う。殊に昼間からこうして縺《もつ》れあっていると、工藤はしばしばある形象に出あうことがあった。それは、自分の滅亡の姿だった。千枝の軀を識った日から、そこに傾いて行く自分の異状さに気づいていたほどだから、死の本能にとりつかれたのは当然なことだったかも知れない。

やがて身じまいをすませた千枝は、工藤に毛布を一枚かけると店におりて行った。工藤は毛布にくるまってまどろんでいった。快い疲れかたではなかった。千枝に包まれて千枝にすべてをぬきとられたような疲れかただった。

店におりてきた千枝は、こんな方法でしか男を繋ぎとめられないのだろうか、とたったいますませてきたばかりの自分の行為を振りかえってみた。

三人の若い女客は去り、店はがらんとしていた。久米陽子は皿をあらっていた。千枝はコーヒーを淹れて店のカウンターの前に腰かけた。自分の軀を通りすぎて行った亀岡や三堀や佐賀の軀がおもいかえされた。不思議なことに、男達の顔は思いうかばず、彼等の軀だけが記憶にあった。三人の年上の男はいろいろなことを教えてくれた。教えこまれた、といった方が正確だった。心のふれあいはなにひとつなく、軀がものを憶えていった。男達は千枝の軀をあっちに引っくりかえしこっちに引っくりかえして、まるでものを食べるように貪《むさぼ》り、満腹すると引きあげて行った。

それを憶えている自分の肉が千枝の哀しみだった。田舎の岡山には三年帰っていなかった。旭川《あさひがわ》に沿った広瀬町に生家があり、父は役所に勤めていた。家のちかくの浄覚寺と瑞雲寺《ずいうんじ》の境内であそんだ子供の頃がおもいかえされた。高校を終え、つてを求めて田村製作所に入ったのは、東京に出たい一心からだった。父はもう停年で役所を退いているかもしれなかった。弟は小学校の教師で妹は三年前に結婚して家を出ていた。

あたしにとって東京はなんだったのだろう……。千枝は肥るからといって砂糖をいれないコーヒーをのみながら、東京に来てからの生活を振りかえってみた。歩いてきた道は曲りくねっており、その道を努力して歩いてきたわけではなかった。流れにまかせて歩いてきた自分が見えた。工藤を好きになり、庇護してやるかたちでいっしょになったが、いつまでつづくか、といった危惧はあった。いつ妻子のもとにかえってしまうかも知れなかった。今日は二度も外に出ている、二度目は麴町に行ったのではないだろうか。しかしそれにしては短い時間だった、と千枝は工藤が帰ってきた時間を考え、すこしばかりの安堵があった。

あくる日も雨だった。

工藤は今日も東大久保のまちを歩いた。歩くことで自分を視つめるよりほかなかった。なるべく人通りのすくない道をえらんで歩いた。

それは、医科大学のちかくを店に戻る途中のことだった。不意に前から歩いてきた男から、工藤くんじゃないか、と呼びかけられ、顔をあげた。杉浦健夫の顔が雨脚の向うに見えた。かつての上司の顔を雨の路上で見出したとき工藤は別に驚かなかった。そうだった、この人の家は東大久保にあるときいたことがあったが、それならこの辺で出あったとしても不思議ではない……。

「きみはこの辺にいたのか。心配したよ。心配したといっても私ではないがね。ちょっと軀をこわしてね、五日ほど前からそこの医大の附属病院に通っているが、いったい、どうしたんだね。きみは会社をやめるとき、送別会をやろうとみんなが言ってやったのに、それをことわってひっそりやめてしまったが、奥さんと子供をおいて家を出て行ったことは知らなかったよ。奥さんが会社に訪ねてこられたのは四月はじめだったと憶えているが……。この辺にいるのかね」

「あなたは誰ですか」

工藤はきいた。

「誰かって？　おい、工藤くん……。私は杉浦だよ」

杉浦はわらいながら工藤の前に一歩進みよった。

「見おぼえがありませんが、あなたは誰ですか」

「工藤くん。冗談はよしてくれ。久しぶりで会ったというのに、なんだってそんな冗談を言うんだ」

「人ちがいをしないでください。私は佐伯《さえき》といいます」

そして工藤は歩きだした。

「おい、工藤くん、ちょっと待ってくれ」

追いかけてくる気配がしたが、足音がとまった。しかしすぐ足音が追いかけてきて、杉浦は工藤の前にきてたちどまると、あなたは工藤くんじゃないんですか？　と工藤の顔をのぞきこんだ。

「私は佐伯といいます」

「信じられない。声までそっくりだ……。いや、失礼しました」

杉浦はにわかに射るような目で工藤を視つめた。

工藤は歩きだした。うしろの視線がこちらにそそがれているのを感じながら、番衆町の方を避け、市谷富久町の方に向った。うしろの足音はとまっていた。もう、この辺を歩くのはやめよう、あの店の二階で寝ころんでいる方がいいかもしれない、そうか、里子は会社を訪ねたのか、いや、それは当然のことだろう……。工藤は、かつての上司に出あって身を隠したことで、自分がはっきり世捨人になったのを確認した。

杉浦健夫が、東大久保の路上でのことを社長の田村道助に話したのは、あくる日会社に出たときだった。

「あれは工藤くんにまちがいありません」

「それで、居るところをつきとめたのか」

田村道助がきいた。

「それが……。もういちど追いかけたのですが、道の角をまがったところで見えなくなったのです。申しわけありません」

「とにかく朝永さんに知らせねばなるまい」

田村道助は秘書をよび、朝永商店に電話をいれてもらった。電話はまもなく朝永弘資に通じた。田村道助は部下からきいた話をし、その部下をつれて行くから、昼食をいっしょにしないか、と言った。いいだろう、ということになり、朝永弘資が昼食をとる店を指定した。といって田弘資は電話をきってから、しかしきいても仕方のない話ではないか、と思った。

村道助の好意をきき流すわけにもいかなかった。弘資は秘書をよび、行きつけのレストランに電話をしてテーブルをひとつとっておくように、と命じると、社長室を出た。弘一に話すべきかどうか……。弘資は手洗所に行って用をたして出てくると、弘一には話さない方がよいだろう、ときめ、社長室に戻った。

そのレストランはフランス料理を主としており、弘資は週のうち三日はそこに昼食をとりに出かけた。昼食はたいがい葡萄酒を一本、エスカルゴを一人前、それに野菜サラダと二百グラムのビフテキだった。あとの三日は築地の割烹料亭に出かけていた。その割烹料亭は板前の庖丁が冴えたことできこえていたが、政治家が利用しているうちにすっかり店の品位が落ち、財界人がはなれてしまったことがあった。政治家は料亭という場所を利用するだけで、食いものの味などどうでもよい人種が多かった。田舎出の代議士に、洗練された江戸や関西の味がわかるはずもなかった。納豆茶漬だ、塩辛茶漬だ、といった田舎者まるだしの食いものを料亭にきて注文する連中が多かった。弘資はあるときその料亭の女将に言った。

「塩辛茶漬は家庭でたべるべきものだ。この店で田舎代議士の求めに応じてそんなのを出すのだったら、財界人はもう来ないよ。われわれがこの店に足を運ぶのは生湯葉を食べたいからだ。どの料亭でもそうだが、政治家がみんな料亭の味を駄目にしてしまう」

女将はやがて政治家の利用をことわり、味は元に戻った。

弘資にとって食事は腹をふくらませるためではなく味をたのしむことにあった。したがって味をたのしむ昼食の席で蒸発した婿の話などききたくないのが本心だった。

やがて昼になり、弘資はレストランに出かけた。

弘資がついて五分ほどして田村道助と杉浦健夫が入ってきた。

「昼食にビフテキはどうも……。海老のコキールでも戴きましょう」

田村道助は海老のコキール、杉浦健夫は弘資と同じビフテキを注文した。

杉浦健夫が前日の東大久保の路上での出会いを弘資に語ったのは、食事前だった。

「なるほど……」

弘資は興味のなさそうな相槌をうった。

東大久保から市谷富久町の方にぬけて行ったから、あの辺をさがせば見つかるんではないか、と杉浦健夫は言った。

「わかりました。ありがとう。しかし、それはそのままにしておきましょう。かりに工藤くんのいるところが見つかったとしても、どうにかなるというものでもない。もしかしたら、杉浦くんが出会ったその男は、工藤くんによく似た人だったかもしれないし」

「いえ、あれはまちがいなく工藤くんです」

「いや、私の言っているのはこういうことです。かりにその男が工藤くんだったにしても、彼は自分の意志で雨のなかを歩いていた、ということでしょう。われわれが、晴れたところに戻ってこい、とすすめても無駄だということです。食事がきました。話をありがとう」

「どうもよけいなことをしてしまったようだな」

しばらく間をおいて田村道助が言った。

「いや、そんなことではない。私はね、自然な癒着力《ゆちゃくりょく》の方が、接着剤でつけた物体よりもよい、と考えているんでね。食事はひとりでするより多い方が賑やかでよい」

「昼食に招いてくれたわけか」

「そういうことです。杉浦くんのその話は、いちおう娘に伝えておくよ」

「ところでその里子さんは元気かね」

「おかげさまで元気だ。気晴らしだといって週に三日友人の店を手伝いに行っている。骨董屋だがね」

「それはなによりだ」

それから三人は食事をはじめた。

弘資には、生家に戻ってきた娘に安っぽい希望を抱かせないように、といった考えがあった。心のまずしい生きかたはしてもらいたくなかった。桑田千代子との九年になる関わりから弘資はそんなことを考えたのである。それが出来ない者もいるだろうが、しかし、心がまずしいのはいやだった。

昼食を終え、会社に戻った弘資は、奇瑋堂《きいどう》田園調布店に電話をいれてもらった。電話はすぐ通じ、里子が出てきた。

「どうだね、夕飯をいっしょに食べないかね」

「あら、父さんですか」

「都合はどうだね」

「わたしはかまいませんが……」

「鎌倉には、ちょっと用があって娘を借りる、と電話しておくよ」

弘資は築地の料亭を指定して電話をきった。

弘資が会社を出たのは五時だった。六時までに築地の料亭にこいと里子には言ってあったので、さきに行って酒をのみながら娘を待とうと思ったのである。

一階におり、裏口の車よせに出ようとしたら、そこから弘一があがってきた。

「おや、もうお帰りですか」

「逢いびきだ。おまえは今夜はどうなんだ」

「僕はあと一時間ほどしたら帰ります。ここ三日ばかり仕事でおそかったもので」

「では、帰ったら、逢いびきのため九時頃には帰ると婆さんに伝えておいてくれ。夕飯はいらない」

「わかりました」

弘一はわらいながら父に別れていった。

築地の行きつけの料亭は良兆といい、うまい生湯葉をこしらえられる板前がいたので贔屓《ひいき》にしていた。いきなり行って生湯葉がない日もあったが、それはそれで仕方がなかった。殊に今日のように昼すぎに電話で行くと知らせたのでは、生湯葉は期待できなかった。二人だけの私的な夕食だから小さな部屋でいいよ、と電話では伝えてあった。

「夜分におひとりだなんて珍しい」

と女将が弘資を迎えながら言った。

「このとしで逢いびきとは、われながらあきれる。ときに、女将はことしいくつになるね」

「あら、いやですわ」

「としをきくのは失礼かな。四十五というところかな」

「近からず遠からず、というところですわ」

「今夜の逢いびきの相手は二十九歳の女だ。着いたら部屋に通してくれ。できたら、この女を、女将のようなきれいな女にしたいがね」

「ほんとに逢いびきでございますか」

「いかんかね」

「予約でふさがっているもので、わたしの部屋でがまんしてくださいますか」

「ああ、どこでもいいよ」

女将の部屋に通され、酒をのみながら二十分ほど過ぎた頃、女将に案内されて里子がはいってきた。

「おかしな逢いびきですこと。そうおっしゃってくだされればよろしかったのに。なにかおいしいものを用意いたしますわ」

「ちょっと待ってくれ。すると、ふだん、私は、ここでは、おいしいものにありつけなかったのか」

「そうでございますよ」

女将はわらいながら部屋から出て行った。

「玄関で、朝永弘資の娘です、と告げたら、あの女将さん、まあ、たいへんな逢いびきですわね、とわらっていました」

里子が言った。

「その後、亭主の行方はわからんかね。ま、とにかく、いっぱいいこう」

弘資は銚子《ちょうし》を持ちあげた。

里子は盃《さかずき》を受けてのみほし、父の盃に一杯ついだ。

「工藤のことで父さんのところになにか話が入ってきたのですか?」

「ああ、今日の昼間だ」

「わたしのところにはなんにもありません」

「仙台に届いた工藤くんの手紙は、新宿局の消印だと言っていたな」

「はい。このあいだ麴町に届いた手紙も新宿局の消印でした」

「新宿にいると思うかね」

「そう解釈するよりほかないでしょう」

「さがす気持はないかね」

「新宿のどこかにいるんですか?」

「いや、それはわからん……」

弘資は、杉浦健夫からきいた話を娘にはなした。

「それは間違いなく工藤くんだ。相手がいくら自分をそうでないと否定しても、直属の上役がまちがえるわけがない。……父さんが里子にききたいのは、亭主をさがそうという気持があるのか、もし、あるなら、協力しよう、ということだ」

「父さんは、帰ってこないと考えた方がよい、とおっしゃったわね」

「自然な癒着力ということを考えれば、当然そういうことになる」

「心がここにない人をさがしても無駄だということはよくわかります。ただ、納得がいかないのです。いまいっしょにいる女のもとから連れ戻して納得がいくというわけにもいかないでしょう。どうすればよいのか、自分でもわかりません」

「すべては自然淘汰《とうた》される。考えておいてくれ。さがそうという気持があるなら、協力するから」

弘資はここで話を打ちきった。

模索してもよいが見通しのない世界ははじめから断ちきった方がよい、と父が言っていることは瞭《あきらか》だった。

食事をすませ、車をよんでもらって料亭を出たのは八時すこし前だった。

「勤めはどうだね」

車が高速道路に入ったとき弘資がきいた。

「楽しい、といっちゃおかしいけど、なにしろ知らない世界でしょう、楽しいといえば楽しいわ」

「客はくるかね」

「けっこう見えるわ」

「それで、品物は動くのかね」

「二日前の夕方だったけど、三十万円の壺をだまって買っていった人がいたわ。それが、風采《ふうさい》のあがらない五十がらみの男だったのですよ」

「値切らなかったのか、その人は？」

「これ、いくら、ときくから、三十万円です、と答えたのです。あ、そう、箱に入れてくださ い、と言って現金で三十万円払って持って行ったの」

里子は面白そうに語った。

車が羽田空港の辺をすぎるあたりから弘資は睡りだした。

里子は窓外の夜景を眺め、夫が昼間まちを歩いていたとはどういうことだろう、と考えてみた。レインコートにズック靴をはいていたという。東大久保から市谷富久町にぬけて行った、ということだったが、その辺の地理は里子にはわからなかった。父は、さがすのなら協力するといったが、もしさがしだせたとして、そのときわたしはどうするだろう……。戸坂千枝とはいちども会っていないだけに実感が湧いてこなかった。写真でみただけの女だったから感情のぶつけようがなかった。はじめから嫉妬の感情はなかった。何故、といった思いの方がつよかった。夫は自分を表現しない人だった。夫婦で言いあらそったこともなかった。夫婦として出来あがる以前の男と女のつきあいが何年もつづいていたような気がした。杉浦健夫から父が話をきき、父がさらに娘に話してくれたが、雨の東大久保のまちを歩いていた夫の姿は、影がうすかった。人から人に話がつたえられて影がうすくなったのではなく、歩いていた人自体の影がうすかった。雨の午後の路上を、どこから来てどこに向って歩いていたのか。里子がいくら考えてみてもわかることではなかった。

「家の者にはしばらく話さない方がよいと思うな」

睡っていたと思っていた父が、車が高速道路から横浜市内に入ったときに言った。

「わたしもその方がよいと思います」

話せば兄の弘一がなにか言いだすにきまっていた。

あくる日、里子は午前中に洗濯をすませ、昼食をすませてから長谷の奇瑋堂に出かけた。前日、唐津の三万円の茶碗が売れたので、その金を届けるためだった。

「ばかに売れるわね。開店してから五点売れたことになるわ」

綾江は金を受けとりながら、品物を補充しなくちゃ、と言った。

「唐津と萩を持って行ってもらおうかしら」

綾江は店の奥の棚から茶碗をとりだした。綾江の父は店を娘にまかせ、自分は関西と鎌倉を往復していた。茶器の売買が主だったが、絵の方もかなりの数を売買していた。田園調布の店には開店の日に顔をみせたきりだった。

「こんな古ぼけた茶碗が売れて商売になるんだから、世のなかって、考えてみると、よく出来ているのよ」

綾江は箱から萩をとりだしながら言った。

「目利きになると、あなたのように商売のことしか考えないでしょう」

「あたしはそうだけど、普通は、自分の手もとにおいておきたい、といった人が多いわ。これ、いくらで売ろうかしら」

綾江は、染みがついた萩をとりあげて眺めていた。

「かなり古いものでしょう」

里子がきいた。

「江戸中期というところね。この萩、三年前に家から出て行ったのよ。そうしたら去年の暮に別の人の手からまた戻ってきたの。この染みが大事だったとみえ、使われた形跡がないわ。いくらで出そうかしら……」

綾江は茶碗を撫でていたが、三十二万から三十五万円というところね、と言いながら茶碗を箱におさめた。

「三十二万から五万……」

里子はハンドバッグから手帖をとりだして品物の名と値段を書きとめた。

「三十五万で売れたらあなたに三万円あげるわ」

「あら、わたしはいいのよ。気晴らしに外に出ているんですから」

里子はそれぞれ箱におさめた二つの茶碗を風呂敷に包んだ。もうひとつの茶碗は六万円だとのことだった。

里子は茶をやりながら茶碗がわからなかった。茶器に淫《いん》するな、というのが慈山老師の戒めだったが、淫するほど茶をきわめたわけではなかった。いくつかの萩や唐津を持っていたが、いずれも新しいものだった。使いふるした萩や唐津は里子には穢《きたな》らしかった。古い茶碗には、それを使っていた人の体臭が染みこんでいた。くちをつけて茶をのみ、まわりを手で撫でさすった歴史が刻まれていた。

茶をのんで奇瑋堂から出てきたら空がくもっていた。むし暑い日だった。つゆあけがおくれていた。七月に入ってから雨が多かったせいかもしれなかった。里子は奇瑋堂から永明寺を訪ねるつもりで家を出てきたが、茶碗を二つ持ってみると荷物になり、永明寺はつぎのおりにして北鎌倉に帰ることにした。

北鎌倉駅からおりて家のちかくまで歩いたとき、雨がぱらついてきた。白い蚊飛白《かがすり》の上布の袖に雨がにじんでゆくのがわかった。里子は足ばやに道を歩いて門に辿りついた。

仙台から書留郵便が届いていた。七月分の五万円と信一の手紙が入っていた。子供の幼稚園がやすみに入ったら仙台にきてくれないか、という内容の文面だった。仙台に行っても仕方がないではないか、と里子は手紙を封筒に戻しながら思った。五万円は今月は為替だった。新宿の路上を歩いている影のうすい夫の姿が思いうかんだ。妻子のいる家を出て、別の会社に就職しているとは思えなかった。雨のなかをズック靴をはいて歩いていたのが事実だとすれば、職についていない、と解釈してもまちがいないように思えた。妻子にも仙台の生家にも消息を絶ち、新宿の路上をズック靴をはいて歩いていた男の姿は、零落《れいらく》した男を思わせた。別れて行くならそれでよかった。引きとめることは出来なかった。ただ、何故ズック靴をはいて雨の路上を歩いているのか、それが知りたかった。

陽ざかり

それは八月にはいって最初の日曜日の午後だった。里子は店をあけて間もない時間、一人の男がビルの通路からウインドーのなかの能面をみているのを目にとめた。能面はひとつは若女《わかおんな》でひとつは増《ぞう》だった。金曜日の午後、これから軽井沢の店に行くという綾江が、そろそろ売ろうかしら、といって田園調布店に運んできた品だった。いずれも五十五万円の値がついていた。
四十四、五にみえる男だった。背広をきちんときていたがネクタイをしめておらず、勤め人にはみえなかった。やがて男はなかに入ってきた。
「あの面《おもて》をみせてください」

と男は言った。

里子はウインドーの錠をあけ、面をとりだした。

男は増の方からさきにとりあげ、裏をみた。そして増をおくと今度は若女をとりあげ、やはり裏をみた。

「鎌倉の奇瑋堂の支店ですか」

男は小面をおくと里子をみた。

「はい、さようでございます」

「あなたは?」

「はい、わたしは雇われている者です。鎌倉の店を御存じでいらっしゃいますか」

「知っています。この面は二つとも贋物《にせもの》です。若女の方は、禅智坊と銘があるが、これは輪王《りんのう》寺《じ》にある面で、同じ面が二つあるわけがありません。増の方も、増阿弥《ぞうあみ》と銘がはいっていますが、この面は増阿弥特有の気品がない。京都にね、ある面打《めんうち》がいまして、この男は贋物をこし

けが鋭かったのは記憶にのこっていた。それから、話していたとき、萬のにおいがしたのもお

らえるのが上手なんです。たぶんその男から出た面だと思います。いい面打だったが、金儲けに興味を抱きだして自分の打った面で贋物をこしらえるようになったのです。それから彼の打つ面はすべていやしい相になってきました。いけませんねえ、奇瑋堂ともあろう店が贋物を並べるのは」

「そのように伝えておきますが、あなたさまは？」

「なに、伝えてくだされればわかります。……それとも、あの親父さん、目が狂ってきたのかな」


男は二つの面を眺め首をかしげた。

「茶を差しあげたいのですが、お掛けくださいませんか」

「いや、茶はいいです」


男は腕時計をみて、親父さんによろしく、と言いのこして店から出て行った。

男が去ってからしばらくして、里子は、あ！　と思った。綾江が恋愛をしたという、絶対に品物は買わないが目が利く男……その男にまちがいなかった。里子は男の挙措をおもいかえしてみた。きちんとした身なりだったが、こまかい点が思いだせなかった。ただ能面を視る目だけが鋭かったのは記憶にのこっていた。それから、話していたとき、萬のにおいがしたのもおもいかえされた。おかしなことがある日だ、と里子は青磁香炉のかたわらの竹筒に活けてある

百合をぼんやり眺めた。

男は、親父さんによろしく、と言いのこして去ったが、この話は綾江に伝えるべきだろう、と里子は考え、軽井沢に電話をいれてみた。

「あら、なにか売れたの」

というのが綾江の最初の声だった。

「いいえ、そうじゃないのよ……」

里子は能面の鑑定をした男のことを話した。

「なんだ、あいつか。紙屋さんよ。紙で儲けながら、絶対に骨董は買わず、けちばかりつけている男よ。くやしいけど、あいつがそう言うんでは、そこにある能面は贋物だわ。引っこめてよ」

綾江の口調はどこか投げやりだった。

「綾江さん、こんなことをきくのはわるいかしら。いつかあなたが話していた人とちがうかしら、きょう店にいらした方……。まちがっていたらごめんなさいね」

「そうなのよ。里子さん、ひっかからないで。あいつ、骨董を眺める目で女をみるんだから」

そこで電話がきれた。電話をきる音が唐突にきこえた。里子は受話器を戻しながら、なにか女のいやな面を視たように思った。話しかたも電話の切りかたも節度が欠けていた。なにもこちらに当ることはないのに……裏切られたと言っていたが、どんな裏切られかたをされたのだろう……。

それから一時間ほどして綾江から電話があった。

「さっきはごめんなさい、いきなり電話をきったりして、あなたに当ることもなかったのに、つい前後の見境もなく腹をたててしまったわ。きりきり舞いしたことが口惜《くや》しかったのよ」

と綾江は言った。

「そんなことでしたら、どうか御心配なく」

里子は答えた。

「能面、しまってくださったの?」

「しまったわ」

「口惜しいけど贋物にちがいないわ。掘出物だと思っていたのに」

「あの能面、いくらでお買いになったの?」

「一面二十万円よ。贋物となると、新面より値がつかないわ。どうしてあの男あんなに目が利くんだろう。わるいけど、能面、鎌倉に届けておいてくださるかしら」

「わかりました」

「よろしくねがうわね」

今度はちゃんと電話が切れた。ちゃんとしているといってもやはり事務的だった。ひとつきちょっと勤めてきて、綾江のそうした事務的な面をいやだと思う日もあったが、商人に徹している女であってみれば、それはそれで仕方がない表現だろう、と里子は考えていた。

あくる月曜日の午後、里子は能面を長谷の店に届けた。そしてその足で極楽寺坂の永明寺を訪ねた。

長谷から極楽寺坂の入口にかけて、人も車も混みすぎていた。海が汚れているというのにどうしてこんなに人が出てくるのか、里子には解らない現象だった。

道は虚空蔵堂《こくうぞうどう》のあたりからにわかに静かになる。里子は蟬時雨を浴びながら坂道をのぼった。登り坂なのに坂上から風が吹きぬけていた。里子は坂道の途中でたちどまり、顔の汗をぬぐった。木蔭の坂道をさらに涼しい風が吹きぬけていった。

永明寺は夏の午後の陽ざしの下で閑寂に鎮まっていた。にぎやかなまちを歩いてきた者にこの簡素の禅寺のたたずまいは一服の清涼剤だった。

里子は庫裡《くり》の前でごめんください、と来訪を告げた。書院の障子はあけはなされており、誰方《どなた》じゃ、と老師の声だけがきこえてきた。

「朝永です」

「里子さんか」

「はい……」

「裏庭から入りなさい」

里子は庫裡の東側にまわって露地を伝って書院の前に達した。

先客が一人いた。老師と客のあいだに釜があり、釜のかたわらにビール壜《びん》が三本ならんでいた。里子は、白い上布を着て胡坐《あぐら》をかいてなにか書をみている先客の横顔に見おぼえがあったが、にわかには思いだせなかった。

「和尚、これはだめだ」

と客が言い、コップをとりあげてビールをのんだ。

「だめか」

老師が手をだし客の前のものをとりあげた。色紙だった。

「会津八一《やいち》の書はね、字の角に狂いがないんだ。この字は角がなってない」

「どういう風に角がなっていないのかね」

「いきおいがないんだ。圭角《けいかく》がありながら、しかも流れているのが会津八一の字でね。こいつは流れすぎているんだ。筆の運びが故意におそい」

二人は里子には目もくれずに話しあっていた。里子は、部屋にあがったとき客のたたずまいに気づいていた。おかしなことがある日だ、と前日の午後青磁香炉のかたわらの竹筒に活けてあった百合をぼんやり眺めたのを、はっきりおもいかえしていた。偶然にしては出来すぎている、とも思ったが、しかし里子はこの二度目の出逢いをはっきり胸にたたみこんだ。

「茶を進ぜよう」

と老師がこっちに顔を向けたとき、男もこっちを見た。里子が目を伏せると同時に、おや、あなたは？　と男の声がきこえた。

「昨日は失礼いたしました」

里子は頭をさげた。

「知っているのか」

老師が男をみた。

「いや。昨日みかけた人だ」

男が答えた。

「昨日顔があったとすると、今日で二度目か」

老師が釜の蓋をあけながらきいた。

「そういうことになる」

男は答えながら老師の手元をみていた。

「いまから結果にたいする原因を考えておいた方がよいな。因は直接の原因、縁は間接の原

「それは老師の勝手な解釈だ」

「まあ、よいではないか。里子さん、逃げた亭主はその後どうなっているのかね」

老師は茶筅《ちゃせん》をまわしながらきいた。

「はい、そのままです」

ひどいことを、こんな席で、と里子は顔が火照《ほて》るのをおぼえた。

老師は里子の前に茶碗をおくと、どこで知りあったのじゃね、と男を見てきいた。

「長谷に奇瑋堂という骨董屋がある。昨日、田園調布のあるビルに事務所を構えている友人を訪ねたとき、そのビルのなかに奇瑋堂が支店を出しているのを見つけたんだな。そこにこの人がいたわけだ」

「なるほど。里子さん、この男は坂西浩平《こうへい》といってな、紙屋をなりわいにしている。ちょっとばかり面白い男だ。浩平、この人は朝永里子といってな、実業家の娘御だが、最近、亭主に逃げられてしまったらしい」

老師が二人を紹介した。

「あの能面はまだ飾ってありますか」

坂西が里子にきいた。

「いいえ。いま長谷の店に届けたところです」

「あの店は茶碗だけあつかっておればまちがいないのに、よけいな事に手を出すから贋物をつかまされるのですね。さて、和尚、だいぶ御馳走になった。鑑定にこいと言うからきたが、その色紙は無駄足だった」

坂西は莨とマッチを袂《たもと》に入れた。

「帰るのか。夕めしを食っていかんかね」

老師は色紙を自分のうしろの方にやりながら言った。

「そうもしていられない。夕方から会合があるんでな」

坂西は起ちあがった。

「里子さん、途中まで送ってもらいなさい」

老師が言った。

「いいえ、わたしはよろしいんです」

里子はあわてた。

「お送りしましょう。僕は東京に帰るのですが、どちらですか」

坂西がこっちを見た。

「北鎌倉じゃよ。ちゃんと送ってやれ」

老師が言った。

やがて里子は坂西といっしょに山門を出た。切通しの坂道に坂西は車を待たせてあった。

「よろしいんでしょうか」

里子はためらった。

「かまいません。帰り道ですから」

坂西は里子をさきに車に入れ、つづいてなかに入ると、北鎌倉によってくれ、と運転手に言った。

「和尚から茶を習われたのですか」

車が切通しを降りきったところで坂西がきいた。

「はい。花もいっしょでした」

「それはいい。和尚の茶と花はたしかだ。さっき、能面を長谷の店に届けたとおっしゃっていましたが、奇瑋堂の親父はなんと言っていました?」

「あれは、綾江さんが買われたらしいのです。……紙屋さんがそういうようでは、まちがいなく贋物だろう、と言っておりました。綾江さんはいま軽井沢ですが」

「あの人、元気ですか」

「綾江さんですか、はい、元気です」

「金儲けがうますぎて不幸になったような人だな」

坂西は独りごとのように言った。どういうことなのか、もちろん里子にはわからなかった。

「あなたは頼まれて田園調布の店に通っていらっしゃるのですか」

「はい。それに、時間があるものですから」

運転手が、北鎌倉のどの辺でしょうか、と里子にきいた。長谷駅の周辺は人も車も混んでおり、江ノ電の遮断機がおりて車がとまったときだった。

「北鎌倉から梶原にぬける途中です」

「表通りは混んでいますから、梶原から北鎌倉にぬけた方がよさそうですね」

「はい、その方がよいと思います」

「お宅の近くで車をバックさせるところがありますか」

「はい、私の家の前で出来ます」

「じゃ、社長、この方をお送りしましたら、梶原に戻り、大船をぬけて帰りましょう」

「ああ、そうしてくれ」

やがて車は長谷の隧道《ずいどう》をぬけ梶原に入った。

「色紙はいかがでした」

運転手がきいた。五十がらみの男で慎重にハンドルを切っているのが里子にもわかった。

「なに、駄目だった。鑑定料にビールをのんできたが」

「和尚はその色紙を買われたのですか」

「いや、もらいものだと言っていた」

里子がきいていて、馬が合うようなやりとりだった。

やがて峠を越え、里子の家の前についた。

「朝永弘資……。きいたことがあるな」

坂西は門の標札を見ていたが、あなたは朝永商店の娘御さんか、と里子をふりかえった。

「はい。父を御存じで」

「朝永商店のちかくに僕の会社があります」

「よろしかったらおたちよりくださいませんか」

「いや、時間がありません。父上によろしくお伝えください」

坂西は、運転手が車を戻したところで車に乗りこんだ。

車が去ってから里子はしばらく門の前にたたずんでいた。大人の世界を坂西に垣間みた気がしたのである。六つちがいの兄には大人の感じがしなかった。そして父はというと、一通りの人生を歩んできた、といった面があった。つまり父や兄にはない大人の感じを受けたのである。

母と牧子は五日前から子供達をつれて箱根に行っていた。仙石原《せんごくばら》に山荘があり、里子がみたところでは、父も兄もそれぞれのつれあいを箱根に追いはらってのんびりした表情になっていた。もっとも兄は、会社から箱根に行き、あくる日は小田原から新幹線をつかって出勤する時もあった。父は、面倒だ、といって鎌倉に帰ってきていた。父にはもともと別荘趣味がなかった。母に言われて仙石原に家を建てたにすぎなかった。

まいあさ、箱根から電話がかかってきた。前夜、男達がちゃんと帰宅したかどうかの問いあわせだった。

「御苦労なことだ」

とある朝父は茶をのみながらわらっていた。

「御自分の旦那さまが心配なんでしょう」

なんにしても幸福な人達だ、と里子は母と牧子をみていた。

「速達が届いております」

食堂にはいったら幸江がテーブルをさし示した。仙台からの手紙だった。子供の夏やすみのうちに一度きてくれという内容だった。鎌倉には顔を出しにくいし、といって孫の顔は見たい工藤信一の控え目な心情が出ている文面だった。

しかし仙台に行っても仕方がなかった。仙台から便りがあると里子は麴町のマンションをおもいうかべた。人が棲まなくなってから、家だけが古びて行く感じがする場所になってしまっていた。

里子は仙台に返事を認《したた》めた。仙台を訪ねたいが、思うにまかせない日々なので、そのうちに訪ねることにしたい、といった意味のことを認めた。速達にたいする返礼のつもりだった。

あくる日の朝はやく、里子は麴町の部屋に風を入れに出かけた。十日以上も行っていなかった。

マンションにつき管理人室を訪ねたら、電話が二度ほどありまして、と五十がらみの管理人が言った。

「工藤さんはまだ棲んでいらっしゃるのか、という問いあわせの電話でした」

「男のかた？」

「男でした。いまは鎌倉の方で、週に一回帰っていらっしゃる、と答えておきました」

このマンションの電話は交換台を通じて各部屋につながっていた。

里子は話をきいたとき、電話をかけてきたのはたぶん夫だろう、と思った。そんなことを問いあわせてくる人が他にあろうとは思えなかった。

窓をあけ、押入や洋服簞笥もあけ、二時間ほど風を入れればよかった。いつまでこんなことを続けるのだろう、と里子はここにくるたびに思う。生活のにおいのしないわびしい部屋だった。いつも夫が腰かけていた席の前の食卓に莨の焦あとが一ヵ所あった。灰皿に火のついた莨をおいたまま新聞を読んでいるうちにこしらえてしまった焦あとだった。かつてその席に夫が腰かけていた証拠だけが残っており、その証拠が里子にはわびしかった。

里子が麴町に出かけたこの日の午前、弘資は会社に出勤してまもなく、昼食会に行く、近いから車はいい、と秘書に言いおいて会社を出ると、タクシーをひろって原宿の桑田千代子のところに出かけた。

「あら、まあ、どうした風の吹きまわし、こんなにお早く」

戸をあけた千代子はちょっとびっくりした目をみせた。

「ぐあいわるいかね」

「なにをおっしゃっているのよ、この人」

「昼食会をすっぽかして昼寝にきたのだ。夜は夜でまた夕食会があるし」

「とにかくお入りなさいよ。いま正午すこし前ね。二十分ばかりお待ちになってよ」

千代子は弘資を部屋に入れると店におりて行った。弘資は上衣をとり、冷蔵庫から黒ビールをとりだして栓をあけた。壁の寒暖計をみたら二十二度だった。快適な温度だ、と弘資は呟くと、ソファに行ってかけ、ビールをコップについだ。

二十分ほどして千代子があがってきた。

「大丈夫かい、店の方は」

「三時まで仮縫の客はこないわ。女の子達はいま食事をしているけど、昼寝をするから起さないで、と言ってあるわ。あなた、おひるは？」

「めしか。いつかのビーフサンドイッチがいいね」

「とりよせるわ」

千代子は電話をかけた。同じマンションの一階の商店街にあるレストランだった。

「きみも飲まんか」

「だめよ。のんだら本当にねむっちまうわ。あたしはつめたいコーヒーを戴きます」

千代子は冷蔵庫から冷やしたコーヒーを持ってきた。

「避暑にはいらっしゃらないの」

「そんなひまがない。いま女子供達が箱根に行っているが」

弘資は、人生とは妙なものだ、と考えていた。妻は孫達をつれて避暑に行っており、亭主は陽ざかりの東京で女と逢っている、そして亭主に逃げられた娘はかつての夫婦の家に風を入れに行っている、めいめいそれなりの生きかたをしているが、考えてみると妙なものだ……。

二本目の黒ビールをあけたところへビーフサンドイッチが届いた。

六十歳の男と四十一歳の女の昼間のまじわりは、きわめて静かで、そして時間がかかった。よろこびたのしむのが二人のあいだだった。この時間だけ逸楽に耽《ふけ》る、というのも二人の暗黙の約束になっていた。二人とも職業としての仕事を持っていたし、だらだらと耽溺することはこれまでも避けてきていた。

「ああ、くたびれた」

千代子が仮睡からさめて呟いた。

「いいかげんのところでやめておけばよかったじゃないか」

「だって女はそうはいかないのよ。さあ、起きなくっちゃ」

「適当な時間に目をさまして会社に戻るよ」

「ときどき見にくるわ」

千代子はベッドからぬけでると服をつけだした。カーテンを閉めきったうす暗いなかで千代子の軀の線が動いている。弘資は和室の生活と洋室の生活のちがいをそこにみていた。妻とは飽きもせずにつづけてきたものだと思う。千代子との九年もよくつづいたと思う。

「この夏はずうっと東京にいるつもりかね」

「店の子達とどこかに出かけようか、と相談しているところなの」

「数日涼しいところに行ってきた方がよいな」

「どこに行っても混んでいるから、あまり出かける気もしないのよ」

やがて千代子は寝室から出て行き、弘資は間もなくまどろんでいった。若い頃のように事をすませてすぐ動ける軀ではなかった。

弘資が千代子のところを出てきたのは三時すぎだった。会社に戻り、いくつかの書類に目を通し、留守中にかかってきた電話のメモをみた。そのなかに箱根からのがあった。弘資は妻の軀をおもいうかべ、箱根に行ってやらねばならないかな、と日程表をみた。土曜から月曜にかけての三日間があいていた。行かねば妻の方から鎌倉に戻ってくるだろう……。箱根に行くにしても、原宿でつかい果したちからを恢復《かいふく》してからの話だった。しかし、土曜日以前に戻ってこられたら困るな……。

「土曜日に行くからと箱根に電話をいれてくれ」

弘資は秘書をよんで命じた。

秘書がさがってから弘資は考えた。もし性欲が人間の動きを深層から規定している原動力だとしたら、性欲がまったく衰えたときはどうなるのか。七十歳になりいまだに衰えない人がいることも弘資は知っていた。そして五十歳ですでにだめな人がいることも知っていた。いずれも財界の知人だった。六十歳の自分は、いつまでこの状態でいられるのか、偕老同穴《かいろうどうけつ》という言葉があったが、人間はそんなことで満足しないだろう、男が年老いてから回春の必要に迫られるのは、これはやはり生きて行くための原動力がそうさせるのだろうか……。

弘資は箱根の妻に電話で約束したように、土曜日の朝家を出て仙石原に出かけた。この日は牧子が鎌倉に戻ってくる日だった。

「里子はいつ箱根に行くかね」

家をでるすこし前に弘資がきいた。

「わたしは鎌倉におります。それより、幸江さんを連れていらしたら。子供達が向うにいるから、牧子さんが今日ここに戻っていらっしゃるとなると、仙石原はたいへんじゃないんですか」

「それもそうだな。ちょっと箱根に電話をしてくれ。それから幸江にそう言ってくれ」

やがて話がきまり、幸江は弘資といっしょに仙石原に行くことになった。

里子は二人を送りだしてから、仙石原に行っても仕方がない自分を視た。山荘は仙石原をのぼりつめて湖尻にぬける途中にあり、いまの里子にそこはさびしすぎた。谷戸にある鎌倉の温和な風景とちがい、箱根の自然は壮大すぎた。そこに小さな自分を対峙《たいじ》させることは出来なかった。自分がさびしくなるだけだった。里子は自然をそのように解釈していた。

弘資は九時に幸江をつれて箱根に出かけ、かわりに牧子が三時すぎに戻ってきた。

「どうしていらっしゃらないの。来週いらしたら」

と牧子は帰ってくる早々里子に山荘行をすすめてくれた。

「ありがとう。そのうちに行くわ」

この人に自分の内面を語っても仕方がない。里子は控え目に自分を構えた。

あくる日曜日、里子が田園調布の店をあけてしばらくして、綾江が来た。

「軽井沢の帰りよ。あれから、紙屋、現れた？」

「いいえ、あれっきりよ」

永明寺で出あったことは言えなかった。

「どうしてここがわかったのかしら」

「とにかく、ここは鎌倉の奇瑋堂《きいどう》の支店ですか、とおっしゃって入っていらしたのだから、偶然じゃないのかしら」

「里子さん、気をつけてよ。あなた、きれいだから、また現れるかもしれないわ」

「わたしのような者に目をつける男がいるかしら。そんなことより、軽井沢は如何でしたの」

「今日から父と母が行っているわ。……紙屋に呼びだしをかけてみようかしら。女をきりきり舞いさせておいて別れて行ったくせに、思いだしたようにこんなところに現れるなんて、不埒《ふらち》だわ」

綾江はなにか血を滾《たぎ》らせているような感じがした。里子は、金儲けがうますぎて不幸になったような人だな、と坂西浩平が呟くように言っていたのをおもいかえした。女をきりきり舞いさせて別れていった男だと言っているが、里子は坂西をそのような男にはみていなかった。

坂西とは二度しかあっていなかったが、里子は自分の目の慥《たし》かさを疑わなかった。それは直観的な確実性といってもよかった。七年間、夫をみてきた里子の目に、ちがいが慥かすぎたのである。

「電話をしてみるわ」

綾江は電話機の前に腰をおろし、ダイヤルをまわしていたが、途中で受話器を戻した。日曜日だったわ、と自分に納得させるように呟くと、今度ここに現れたら鎌倉に電話してよ、と言った。

「はい、そうするわ」

綾江の言動はなにか気の毒でみていられなかった。

綾江は一時間ほどして鎌倉に帰って行った。

骨董屋というのはいつも店内が閑散としており、ひやかしの客もすくなかった。坂西浩平が店に現れたのは四時すぎだった。里子は、店に入ってきた白い上布に下駄ばきの坂西を視つめ、今日ここに現れたのが当然のような気がした。

「あれから、おかわりなかったですか」

「はい、あのときのままです」

「永明寺での偶然のであいを、父上に話されましたか」

「いいえ」

「そうですか……」

「どうぞお掛けください。ついさっきまで綾江さんがいらしていました」

里子は、こんど坂西が現れたら鎌倉にしらせてくれと言っていた綾江の話をした。

「いまでも会社にしょっちゅう電話がかかってきます。不幸な人です」

「どのように不幸なのでしょうか」

「他人《ひと》を利用しすぎるので男がはなれていってしまうのです。本人はそのことに気づいていない。いや、こんな話はやめましょう。僕もあの人を不幸にしてしまった一人かもしれません。こんどはいつ永明寺にいらっしゃいますか」

「ちょっとお待ちください。いま茶を淹れますから」

里子は控室に行き、魔法壜の湯をつかって茶を淹れた。綾江からいろいろ言われていたが、夾雑物《きょうざつぶつ》はいっさい省こう、そうでなかったら、どうして自分の目の慥かさを信ずることが出来よう……。茶を淹れながらこのように気持を整えてみた。

「おそくなりました。どうぞ」

里子は坂西の前に茶をおき、テーブルからすこしはなれた補助椅子に腰をおろした。

「お近くでいらっしゃいますか」

「いや。世田谷のはずれです。喜多見です」

坂西は、戴きます、といって茶をひとくちのんでから答えた。

「明日、永明寺にまいりたいと思います」

里子は言いきってから目を伏せた。

よく思いきって言えたものだ、と里子は自分にびっくりし、胸を撫でおろす感情になった。

そして目をあげ、坂西をみた。

「明日ですか……」

坂西は棚の壺に視線をうつし、ちょっと間をおいて、僕も明日の午後永明寺に茶を点《た》てに参りましょうか、と言うと起ちあがった。そして、では明日また、と言いのこして店から出て行った。里子が、永明寺に行く話がこう簡単にきまったのは何故だろう、と考えるひまもないうちに、坂西は店から出て行ったのであった。呼びとめようとしたが声がでなかった。

それからしばらく里子の裡《うち》で静かな時間が流れて行った。綾江から注意しろと言われたのを忘れたわけではなかった。というより、綾江の話にはなにかまとまりが感じられなかった。いや、そんなことはどうでもよかった。明日永明寺に行くと答えたとき、わたしは、どこを視ていたのか、なにを視ていたのか……。

自分をせかせるものがなんであろうと、永明寺の茶室での坂西とのであいを、里子は信じようとした。そうでなかったら、明日永明寺に行くなどと咄嗟《とっさ》に返事がでてくるはずがなかった。

里子のなかで静かな時間が流れて行ったあと、こんどは現実の午後の陽ながさが訪れてきた。客はなく、ただ時間だけが流れて行った。店は出入口から四軒目に位置していたので直接陽がさしこむことはなかったが、里子には午後の陽のうつろいがわかった。この店に勤めはじめた頃、気ばらしによいだろう、と自分も考え生家の人達も言ってくれたことがあったが、現実はなかなかそのようには運ばなかった。この頃は店に出ても時間を持てあます日が多かった。そんなとき里子は、夫が家を出ていってから何ヵ月になるだろう、とよく日を数えた。そして夫と自分とのあいだがだんだん遠くなって行くのを視た。見まいと思っても見えた。こうしたかたちで人々は別れて行くのだろうか。新宿の裏まちをズック靴をはいて歩いていたという夫の姿が、里子にはどうしても想像できなかった。そうした別れかたはないだろうとも考えてみたりした。

あくる日の午後、里子は陽ざかりのなかを永明寺にでかけた。自分をせかせるものがなんであるかをたしかめねばならなかった。

いつものように茶室にまわったら、すでに坂西は来ており、老師を相手にビールをのんでいた。

「ここで逢いびきかな」

と老師は二人の顔を見比べながら言った。

「そういうところだ」

坂西は泰然としていた。

「里子さん、この男に一服点ててやりなさい」

老師はこう言いのこして茶室から出て行った。

老師が席を去ってからほんのすこし間をおいて、里子は釜のそばににじりよった。

「おあいできましたね」

坂西が言った。

「はい……」

「茶はいいです。あなたに点ててあげましょう」

坂西は釜の前に席を移すと、実に無造作に茶を点てた。点てかたが老師と同じで、無造作のように見えながら、やはりきちんとした流れがあった。

坂西は点てた茶を里子の前におくともとの席に戻った。

「ここにはよくお出でになられるのですか」

里子は点前《てまえ》をほめてからきいた。

「月に一度は来るでしょうか。和尚と酒をのみながら馬鹿話をして帰ります。あなたはよくお出でになるんですか」

「わたしはずいぶんごぶさたしておりました……」

いまの自分は持ってゆきどころのない感情を永明寺に運んできている、とは言えなかった。

このとき、廊下に足音がして、どうだね、話はきまったかね、と言いながら老師が入ってきた。

「なんの話のことかな」

坂西は老師の口調をまねてききかえした。

「このあいだ話した因縁のことじゃよ。このあいだのであいは間接の原因じゃよ。しかし今日のであいには直接の原因があるはずじゃろ。どうだね、わしの目に狂いがあるかな」

老師は席につくと二人の顔を見くらべた。

「和尚、そんな風に焚《た》きつけるものではない」

「なに、わしはな、寺を逢引場所にえらんだおまえさん方の知恵に感心しとるところじゃよ。

話がきまったら出て行くがよい」

「あとで知ったがね、和尚、この人の父上を僕は知っているんだ。父上の店の近くに僕の店がある関係でね」

「それならなおさら具合がよいではないか」

「冗談じゃないよ、和尚」

「そうかな。わしがみたところでは、そうは思えんが。まあ、よかろう。なんにしても、水の流れにさからわんことが肝要じゃ」

「ビールを御馳走になった。帰るよ。その会津八一の色紙は本物だから、この部屋にかけておくとよい」

「もらっておいていいのか」

老師はかたわらの桐箱をみおろした。

「またビールを御馳走してくれればよい」

坂西はたちあがった。

「この女人を連れていかんのか」

「どこへ」

「どこへなりと勝手に」

「そうするか。朝永さん、せっかくの和尚の言葉ですから、あなたを連れて茶室から出ることにします」

坂西がまっすぐこっちをみた。

「里子さん、ついて行くがよい。面白い男だから」

老師が言った。

里子は顔をあからめて席をたった。

「和尚。永明寺がおかしな場所になったときはどうする」

坂西が数歩行ってから振りかえった。

「おかしな場所になるわけがなかろう。とにかくつれて行きなさい」

老師は里子をせかした。

どういうことだろうか、と里子は庭から山門を出たときに自分の内面を視たが、あとに引きかえす気にはなれなかった。すでに今日永明寺につくまでにさまざまに自分を点検してきていた。いや、昨日、わたしは、この人が田園調布の店に現れ、こんどはいつ永明寺に行くのか、とたずねられたとき、茶を淹れる短い時間に自分の目の慥かさを信じた、そして、明日永明寺に行く、と答えた……。

里子は、前を歩いて行く坂西の広い背中を視つめ、この前永明寺で坂西にあい、帰りに自宅まで送ってもらったとき、坂西に大人の世界を垣間みた気がしたのをおもいかえした。なにかそれは揺るぎのない世界に見えた。坂西は今日もネクタイをつけない背広姿だった。

「夏の鎌倉は混みすぎていけません」

坂西が言った。

「そうでございますわね」

里子はうしろから応じた。

「父上はお元気ですか」

「はい」

「あなたは、男から、目について仕方がない、と言われたことがありますか」

「ありません」

里子は、なんのことだろう、としばらく考えてから答えた。事実男からそんなことを言われたことはなかった。工藤保之から結婚を申しこまれたとき、工藤はわたしが目について仕方がなかったのかもしれない、しかし工藤は表現が下手だった……。里子はこんな風にいまの自分を考えた。

「日曜、水曜、金曜日いがいの日に東京に出られることがありますか」

「はい、たまにあります」

これは坂西の語りかけだろう、と里子は思った。

「これまで、目について仕方のない方が、たくさんいらしたのでございましょうか」

里子は間をおいてきいた。

「幾人かおりました。……しかし、やがて目につかなくなりました」

「どうしてでしょうか。あなたのような目利きの方が……」

「壺や皿や茶碗にも、手元において飽きるものとそうでないものがあるでしょう」

「わたし、骨董のことはまるでわからないんです」

里子は正直に言った。坂西と駈引をする気持などさらさらなかった。

「骨董はわからない方がよい。わかってくると綾江さんのようになります。すでにおききのことと思いますが、あの人は、あなたは骨董をみる目であたしをみている、と僕に抗議したことがあります。僕があの人にみたのは、骨董がわかるあの人の目がやがて欲にかわっていったことです。よい品を高く客に売りつけるのは商人として当りまえのことですが、しかし人間はどんな場合にも節度がなければなりません。あの人と識《し》りあった頃、僕のところに李朝の白磁の大壺があり、それを、売らないから欲しいというので、あげたことがあります。ところがあの人はそれを九十万円で売ってしまったのです。売ってしまったから、といって僕のところに十万円を持ってきたのです。あげたものですから、あの人がそれをどう処分しようと勝手ですが、ただであげたのを売られたのでは、あまりよい気持がしません。九十万円で買ったのは骨董屋仲間でした。そこに十万円つけて僕は買い戻したわけです。そのときにあの人との縁が切れました」

坂西は通りに降りる手前でたちどまり、こちらに向きをかえた。

「綾江さんからの十万円はお受けとりになられなかったわけですのね」

「あげたものですから」

「それでいまなお綾江さんが電話をかけてくるのはどうしてでしょう」

「それが僕にはわからないのです。いや、わからない、と言っては嘘になる。九十万円を持って、元に戻ってくれ、と言ってきたことがあります。……なんとも興ざめした日でした」

「わかりました……いろいろおききして申しわけありませんでした」

里子は目を伏せた。綾江がきりきり舞いしたといっていたのはこの事だったのだ、とわかってきた。綾江がいくらきりきり舞いしても、それは無駄なことだったのだろう……。

「さと子さんのさとは、人里の里ですか、それとも聡明の聡ですか」

「人里の里です」

「いい名前だ。ところで里子さん、ここはまだ永明寺の境内です。通りに降りてしまうとまちのなかです。あなたは目について仕方がない人です……」

「まことのことでございましょうか」

里子は再び目を伏せた。このとき、蟬時雨の音がひとしきりだった。

「あなたとおあいしたのは今日で四度目だ。僕の気持を決めさせたのは昨日です。田園調布の店を訪ねたときでした」

「どうなさるおつもりですか。……目につかないようになされればよろしいのではございませんか」

言ってしまってから里子はどっと汗が噴きでてくるのをおぼえた。

生物

九月に入ってまもない土曜日の午後だった。朝永弘一は、他の人達が帰ってしまった朝永商店の重役室でひとりぽつんと自分の机の前に腰かけていた。

仕事は午前中で終っていた。しかし弘一はただなんとなく家に帰る気がせず、昼食はちかくの店から蕎麦をとりよせてすませ、いくつかの新聞に目を通した。それから応接室のソファにごろっと横になり一時間ばかり昼寝をした。目をさましたら三時半だった。自分の机の前に戻り、さっき読んだ新聞にまた目を通した。やはり、ただなんとなく家に帰る気がしなかった。夏の終りだから疲れているんだな、と弘一は自分に言いきかせてみた。

やがて四時になり、弘一は重役室から出た。重役室は四階にあり、弘一は階段をおりて行った。三階、二階、一階と順におりて行ったが、社員は一人もおらず、一階では、管理人の三田が窓の戸締りを点検していた。警官あがりの六十がらみの男で、夫婦で棲みこんでいた。

「おや、いまお帰りですか」

足音に気づいて三田がこっちを振りかえった。

「いや、まだ帰りません。仕事が残っているので」

弘一は無愛想に答えると、管理人室の横から外に出た。それから二百メートルほど歩いてコーヒー店に入った。そこでコーヒーをもらい、莨を三本喫んだ。

コーヒー店には二十分ほどいたろうか。やがてそこを出ると、あてどなく歩いた。土曜日の暮方だというのに街は人が混んでいた。本屋の前を通った。足をとめ、店先にならんでいる週刊誌の表紙にさっと目を通した。それから店のなかに入り、棚の本を一通り眺めた。本は種別に並べてあった。経営に関する本が並べてある棚があった。いやな本だ、と弘一はふっとその棚から目をそらし、別の棚をみた。これまで経営に関する本を何十冊読んできたかわからなかった。一時期、戦国時代の武将のことを書いた小説が経営学の本として読まれたことがあった。弘一も読んだことがあった。どういうことだったのか、そのときのことが、いまの弘一にはおもいだせなかった。

結局、店先に並んでいる週刊誌を三冊買って朝永商店に戻った。

弘一は管理人室の戸をたたき、三田をよぶと、今日は泊りだ、と告げた。

「ここへお泊りになるんですか?」

三田は驚いた表情になった。仕事でおそくなった社員が泊る部屋が二階にあった。しかしここ数年その部屋には誰も泊っていなかった。

「二階の部屋は使わない。応接室のソファを使うから。おそくなって外に出るかも知れないから、入口の合鍵をくれ」

そして弘一は鍵を受けとると、エレベーターを使って四階にあがった。

社長室と重役室のあいだに応接室があり、それらの部屋と廊下を隔てて会議室、予備室などがあった。簡単な調理が出来る小部屋もあった。来客のとき、秘書が茶をわかす部屋で、冷蔵庫も入っていた。

弘一は管理人室に電話を入れた。交換台がしまっていたから、重役室直通の電話から管理人室直通の番号にダイヤルをまわさねばならなかった。昼間なら、どこどこへ、と一言秘書に言えばすむことだった。

「ビールを数本ここの冷蔵庫に入れてくれませんか」

弘一は三田に電話で頼むと、買ってきた週刊誌をひらいた。しかし目次に一通り目を通しただけで閉じ、椅子を回転させて窓の外をみた。見えるのはとなりのビルだった。

やがて三田があがってきて戸をたたいた。

「どうぞ」

戸がひらき、ビール壜をさげた三田が顔をだした。

「四本持ってまいりました」

「買ったのですか」

「いえ、私の飲み料です」

「では金を払っておきます」

弘一は財布から千円札を一枚ぬいて三田の前に持って行った。

「結構ですが……」

「いや、そういうわけにはいかない。じゃあ、それを冷蔵庫に入れておいてください」

「夕食はどうなさるんですか?」

「外に食べに行く。それから、鎌倉から電話があったら、いないと答えてくれ」

三田が去ってから弘一はぼんやり机の前にすわっていた。ときどきハンカチで額ににじんだ汗をぬぐった。冷房は昼すぎに切られていた。弘一は格別に暑いとも感じなかった。しばらくして弘一はまた応接室のソファに行って横になった。

目をさましたら部屋は暗く、窓の向うにとなりのビルのあかりが見えた。そのあかりに腕時計をすかしてみたら七時をすぎていた。空腹をおぼえた。あかりをつけ、自分の机の前に戻ると、蓋をつけた。それから部屋を出て行き、調理室からビールとコップを持ってきた。ビールはよく冷えていた。コップについで一息にのみほし、睡っていたときに汗をかいてぐちゃぐちゃになったワイシャツの胸と袖を眺めた。行きつけの銀座のバーをおもいうかべた。かかわりのあった女も何人かいた。しかし、いまの弘一には、そこに行く気持が湧いてこなかった。

とにかくめしを食ってこよう……。弘一は財布だけ持って部屋を出た。

弘一が行ったさきは、高級なレストランではなく、一膳飯屋だった。朝永商店からゆっくり歩いて十五分ほどのところに問屋街があり、そこに一膳飯屋が並んでいた。下町の旦那衆や仕入れにきた小売店の人達が一杯やりにくる庶民的な店だった。

一膳飯屋は三軒ならんでおり、右からラーメン屋、寿司屋、牛丼屋だった。寿司屋といっても、海苔巻と稲荷ずしを食べさせてくれる店である。

弘一はラーメン屋に入った。これまでこのような店に入ったことはなかった。

ラーメンを注文すると蓋をつけた。問屋の店員らしい男が二人ラーメンを食べていた。せまい店で、客の回転がはやいのだろう。二人が出て行ってすぐやはり問屋の店員らしい男が三人、女の子が二人はいってきた。弘一のテーブルにラーメンが運ばれてきた。

弘一はラーメン屋を出ると、となりの寿司屋により、海苔巻と稲荷ずしを包んでもらった。

それから酒屋によって酒を一本もとめた。それを抱えてビルに戻ると、応接間で酒をあけてコップにつぎ、ちびちびのんだ。

要するに俺はひどく疲れているんだ、と酒をのみながら考えた。人とあうのが面倒になったのは半月ほど前からだった。取引関係の他社の人と会うのが面倒になり、十日ほど前からは部下にまかせきりになっていた。

コップ酒を二杯あけ、三杯目をついだとき、妻と二人の子供の顔がおもいうかんできた。両親の顔もうかんできた。しかし、なんといそがしい人達だろう、いや、俺もいそがしいが、家の者もいそがしい、何故こんなにいそがしいのだろう……。

四杯目のコップをあけたとき、工藤保之の顔がおもいうかんだ。田村製作所の杉浦健夫にあったのは、あれは八月なかばだったかな……。そのとき弘一は、杉浦から、新宿で工藤に出あった話をきいた。いまの弘一には、新宿の裏まちをズック靴をはいて歩いていたという工藤が、なんとなく解る気がしていた。夫に去られた妹の里子はかわいそうだったが、しかし工藤の立場も解る気がした。

朝永商店には六十数人の社員がいた。大阪に小さな支店があり、そこには二十人の社員がいた。しかし、いまこのビルのなかには、したに管理人夫婦がおり、ここには俺一人しかいない、表に出れば人がいっぱい歩いているが、しかしここは静かだ、街の騒音がここにいてもきこえるが、それにしてもここは静かだ、だが、工藤保之はどうしているのだろう、いや、俺にはあいつの気持がわかる、なんとなくわかるのだ、俺ははじめの頃は妹を捨てて家出をしたあいつに腹をたてたが、なにも腹をたてる必要はなかったのだ……。ビルの四階にいると、遠くの方から車の警笛がきこえてきた。昼間だと騒音が多すぎていちいち外の音はききわけられなかった。それだけ夜は音が昼間よりすくないということだろう……。弘一は五杯目のコップをあけた。しかし、あいつは新宿のどこにいるのだろう……。弘一は、酒がまわってきた頭で、工藤保之に会いたいと思った。

弘一は酔ってそのままソファに横になり、目をさましたのはあくる日曜日の朝八時だった。表の方は普段の日より静かに思えた。日曜日のせいだろうか、それとも朝のせいだろうか。弘一は窓をあけビルの下の通りを見おろした。人通りもすくなく、車もすくなかった。なんとなく街がさっぱりしていた。夜のうちに雨がふったのだろうか。もういちどビルの下の通りを見おろしたら、道が濡れていた。雨だったのか……。

戸が叩かれた。三田だろう。

「三田さんか?」

「三田です」

「入りなさい」

戸がひらき、三田が入ってきた。

「朝食をどうなさるのかと思いまして」

「あさめしは要らない。日曜日はいつもこんなに静かなのかね」

「ええ、日曜日はいつもこんなです。お茶を淹れましょうか」

「いや、それもよい」

「実は、さきほど、お家から電話がありました。家内がでまして、うっかり、いま上でおやすみになっていると答えてしまったのです」

「かまわん。仕事をすませたら帰るから」

「さようでございますか」

三田は一礼して出て行った。

応接間のテーブルの上には、一升壜に酒が三合ほど残っていた。酒をのみながら海苔巻と稲荷ずしをつまんだが、それも半分ほど残っていた。なんともわびしい光景だった。しかしそのわびしさには安堵があった。

弘一は冷蔵庫のある部屋に行き、ビールをとりだした。のどが渇いていたので、栓をあけてつづけに二杯のんだ。それから顔を洗った。

応接間に戻ったが、やることがなかった。しかしやはり鎌倉に帰る気がしなかった。重役室の自分の机の前に行ってみた。それからまた応接間に戻り、窓のカーテンを閉め、ソファに横になった。そしてぼんやり天井を見あげているうちに睡ってしまった。

そして再び目をさましたら、正午をすぎていた。こんどは空腹をおぼえた。手洗所に行き、用便をすませ、もう一度顔を洗った。鏡に顔をうつしてみたら、髭がのび、ワイシャツはよれよれになっていた。また工藤保之の顔がおもい浮んできた。しかし俺は工藤のようにはなれないな……。

弘一は応接間に戻ると、家に帰ろうか、と考えた。そして酒が残っている一升壜と食べのこしの海苔巻をみているうちに、もうすこしここにこうしていよう、という感情になってきた。空腹だったが食欲はなかった。

妻の牧子が訪ねてきたのは二時すぎで、このとき弘一はソファに寝ころんで週刊誌の囲碁欄を読んでいた。

「どうなさったのですか。電話ぐらいくださってもよいのに」

牧子は紙袋からワイシャツをとりだしてテーブルの上においた。

「外泊したことのない人が、だまって、しかもこんな応接間で泊るなど、いったい、どうなさったのですか」

牧子は、酒が残っている一升壜がおいてあるテーブルの上を眺め、それからまるで他人をみるような目で夫を見おろした。

「仕事をすませたら、急に疲れが出てきてね、ここから動くのがいやになったのだ」

弘一はこんな風に答えるしかなかった。

「仕事は社員にまかせればよいではありませんか」

「それはそうだが……」

弘一はくちをきくのが億劫《おっくう》だった。前日の午後から今日にかけてのことは、自分でも説明のつかない情態だった。かりに牧子から、仕事が終ったのならすぐ帰宅すべきであり、ここで週刊誌の囲碁欄を読む必要があるのか、と問われても、やはり説明がつかなかった。

「本当におかしな人ねえ」

東京駅から横須賀線が出発したとき牧子が言った。テーブルの上にあった一升壜、海苔巻、稲荷ずし、コップなどがおもいかえされ、どういうことだろう、と考えてみたが、わからなかった。

日曜日の午後のグリーン車はわりあい空いていた。もう海に行く人もいなくなったのだろう。

「鎌倉では昨夜雨がふりました」

「そうかね」

「東京ではふらなかったのですか」

「おぼえていないな」

「朝の三時まで待っていたのですよ、うとうとしながら。そうしたら雨がふってきて……」

弘一は妻の話をききながら、前夜のラーメン屋をおもいかえしていた。もういちど独りであんなラーメン屋に行きたいと思った。俺はラーメン屋を出てきてから隣の寿司屋により、海苔巻と稲荷ずしを買い、それから酒を買って会社に戻ってきた、それから……弘一は前夜の自分の行動をおもいかえし、ひとりですごしてきた会社の応接室がなつかしくなってきた。

やがて電車が品川を出発したあたりから弘一はまどろみだした。そして戸塚《とつか》についたとき目がさめ、ああ、ここは電車のなかか、とあたりを見まわし、駅が戸塚だとわかってきた。

「よく睡っていらしたわね」

牧子が言った。

「そうかね」

やがて電車は大船をすぎ、北鎌倉駅に入った。窓から夏の終りを告げるような真紅のカンナの花がみえた。

ホームにおりたったら、まるで油を炒るような油蟬のなき声がふってきた。弘一は出口にむかって歩きながら、雨の新宿の裏まちをズック靴をはいて歩いていたという工藤保之の姿が見えてくるような気がした。

朝永弘一が北鎌倉駅で工藤保之の姿を発見していたこの日曜日の午後、その工藤は新宿の〈岡山〉でひとりコーヒーをのんでいた。千枝はまだ二階で睡っていた。休業日の日曜日はいつも夕方まで睡るのが千枝の習慣になっていた。いちど岡山に行ってこなくちゃ、と千枝はいっしょに行こうと言っていたが、工藤は気がすすまなかった。千枝にしてみれば、東京でスナックを一軒持ち、男も出来た、と報告に行きたいのだろうが、しかし俺は、いわば女のひものような暮しをしており、まだ籍のぬけない妻子がいる、その女の田舎に、どんな顔で訪ねて行けばよいのか。気の重い話だった。工藤は八月に麴町のマンションに電話をしたことが二度あった。工藤さんはそちらにおりますか、と電話に出てきた管理人にきいたのである。すると、ただいまはおりません、と返事がかえってきた。あくる日もう一度電話をしたら、同じ返事だったので、もうそこにはいないのか、と工藤はきいた。すると、いまは鎌倉におり、週に一回戻ってくる、と返事がかえってきた。そうか、やはり鎌倉に帰っているのか、と工藤はどこかでほっとし、しかし週一回マンションに戻ってくるのは、俺との生活にまだ望みをもっているからだろうか、と考えてみた。千枝は自分の田舎の岡山に行きたがっているが、しかし俺は仙台に行ってこなくちゃ、と工藤はここのところそればかり考えていた。里子は仙台を訪ねたにちがいなかった。仙台に行けば様子がわかるだろう……。

残暑がきびしく、正午をすぎたらとても寝ていられないのに、千枝は日曜日は一週間の疲れが出るのかよく睡った。どこに横になってもころっと睡ってしまう女だった。そして働くときは夢中で動き、どこにそんなちからがあるのか、と工藤は不思議な動物をみているような感じがした。たしかに千枝は動物的だった。店は順調だった。千枝は店をしめると必ずその日の売りあげを調べ、先月はいくら利益があったから、今月はこのくらいあるだろう、と算盤《そろばん》をはじいていた。

そうだ、数日店をしめ、千枝は岡山に行き、俺は仙台に行ってこよう、千枝にそのように話してみよう。工藤はそうきめると、千枝のために砂糖を入れないコーヒーを淹れ、それを持って二階にあがった。東大久保でかつての上役の杉浦健夫に出あったことも気にかかっていた。いまから思うと、いいえ、私は佐伯といいます、と咄嗟に答えが出たのが不思議だった。仙台に行けば、その後の里子の様子がわかるだろう……。

千枝はよく睡っていた。胸から腰の辺だけタオルケットを掛け、あとはぬめぬめした肌をだして睡っていた。

「そろそろ起きないか」

と工藤は遠慮がちに声をかけてみた。

「あら、あなたなの……」

千枝は目を閉じたまま懶《ものう》い返事をした。

「コーヒーを淹れてきたよ」

と工藤は言った。

「いま、なんじなの」

「そろそろ四時だよ」

「そうね、起きなくちゃ」

それからしばらくして千枝は目をあけると、蒲団にうつ向けになり莨をつけた。

「コーヒーを淹れてくれたの。ありがとう」

千枝は莨をひとくちすいコーヒーをひとくちのんだ。それを交互にくりかえして莨とコーヒーをのみ終えると、やっと蒲団からぬけでた。

「ちょっとあっちを向いて」

タオルケットの下は全裸で、千枝は夏のうちはずうっと床ではこれで通していた。

「いいわよ」

千枝は服をつけるともういちど部屋にすわりこみ、莨をつけた。

「どうだろう、岡山にはひとりで行ってこないか。僕もちょっと仙台に行ってきたいし……。仙台に行けばなにかわかると思うんだ」

「仙台にはあなたひとりでいらっしゃいよ。あたしがいっしょに行くわけにはいかないもの。でも、岡山にはいっしょに行ってよ。あたしの両親の前で、なにも妻子があることを話す必要はないもの。ちかいうちに結婚する相手だと紹介しておけばよいのよ。根が単純な人達だから、よろこんで迎えてくれるわよ」

「それにしても、やはりこっちの問題がかたづいてからでないと、顔出しはできないよ」

「そうかしら。むずかしく考えない人達なのよ」

「とにかく仙台に行ってくるよ。いつがいいだろう」

「あたしはいつでもかまわないわ。店なら、あなたが数日いなくともやって行けるから。明日でもいいじゃない」

「一日泊ったら帰ってくるよ」

「そんなに簡単にかえしてくれるかしら。たとえば、あなたがつくと同時に奥さんの方に電話をして来てもらうとかするんじゃないかしら」

千枝にしてみればもっともな懸念だった。

「いや、おふくろはそんなことをする人じゃないよ」

「お母さんはそうだとしても、お父さんや兄さん達はどうかしら」

「場合によっては泊らずに戻ってきてもよい。そんな心配はいらないよ」

工藤はしかし自分が行けば家の者が里子をよびよせるかもしれない、とは考えた。千枝の言っていることはあたっているかもしれなかった。

「いいわ。いっていらっしゃいよ。こうしていても仕方がないことだし」

千枝は屈託のない調子でいうと、やがて階下におりて行った。明日早目にここを出て夜行で戻ってこようか……向うでぐずぐずしているうちに家の者が里子をよびよせたら、そのときはどうしようもないのだ……。工藤はこう考えてみた。

行ってみないことにはなにもわからないことだ、と工藤はあくる月曜日の朝十一時に〈岡山〉を出ると上野駅に行き、正午発の仙台行特急列車に乗った。

奇妙な帰郷だった。いろいろな意味で負いめを背おっているのでそう感じたのだろう、と工藤は自分を視た。土産物ひとつ持っているわけではなく、木綿のズボンにスポーツシャツのいでたちだった。なにか土産物を買いなさいよ、と千枝がかなり金をくれたが、土産物など買って帰郷できる身分ではなかった。

睡っているうちに仙台についた、といってもよかった。千枝と生活しだしてから昼と夜が逆になった日々を送っていたので、前夜も床についたのは暁方《あけがた》の三時だった。三時にすぐ睡れればよいが、寝つきがわるく、結局睡りに入るのは新聞が配達される朝の五時すぎだった。これはもう習慣になっていた。

工藤は仙台駅のホームを出ると、駅の待合室に行ってしばらくやすんだ。両親にあうのはやはり気が重かった。このまま東京に戻ろうか、とも考えた。上野で乗車券を買ったときすでにこの感情はあった。

しかしここまで来てそのまま戻るのも妙だった。千枝にどう説明すればよいか……。工藤はそこまで考え、腰をあげた。

やがて広瀬川畔の生家につき、重い感情を無理に運ぶようにして玄関をあけた。勝手知った家にあがると、茶の間に行った。障子があけはなされた向うに庭の緑が眩しかった。昼は睡り夜は酒を売る生活の身に、生家の緑は眩しすぎた。庭に下駄の音がした。最初に出あうのは出来れば母であってほしかった。しかし下駄の主は兄だった。兄の姿を認めると同時に工藤は目を伏せ、どう話すべきか、と言葉をさがした。しかしそれよりさきに、

「おまえ、保之じゃないか」

と兄の声がとんできた。工藤には兄の声が必要以上に大きくきこえた。

兄が庭から茶の間にあがってくると同時に、母が廊下から入ってきた。二人はちょっとの間、本当にわが息子でありわが弟であるのか、と工藤を見おろし、それから卓袱台《ちゃぶだい》の前にすわった。

「おかしな子だねえ、だまってあがってくるなんて。自分の家だからかまわないけど、それにしてもおかしな子だよ。まるで幽霊みたいじゃないの」

と母が言った。

「先週の月曜日に里子さんがみえたよ。あくる日帰っていったがね。なんということだろう」

兄が呟くように言うと莨をとりだした。

先週の月曜日に里子がここにきた……そうか……。工藤は目を伏せ、どういうように話しだそうか、としきりに言葉をさがした。しばらくして父が入ってきた。父はだまってすわると莨をつけた。

「あんな手紙ではなにもわからん。いったい、どういうことなんだ。話してみろ」

やっと父がくちをきった。

「なんとも申しわけないことですが、手紙に書いた通りです……。里子は、こんどはじめてここに来たのですか」

工藤は膝もとをみたまままきいた。

「春にいちど来たよ。そのとき、おまえのやっていることを、一時の迷いとしか思えないから、しばらく待ってくれないか、とたのんだのだ。なにが原因だね。会社もやめ、女房子供を置きざりにして他の女と雲がくれしたなど、まったく筋の通らない話ではないか。原因があるならそれを話してみろ」

「原因なんてありません。要するに僕がだめな男なんです」

「悪い女にひっかかったのが原因ではないの」

母が口をはさんだ。

「おまえはだまっていろ。このあいだも里子さんに、悪い女にひっかかったのだろう、と言っていたが、自分の子の馬鹿さかげんをすこしは考えてみろ」

「だって保之はずうっと出来のよい子だったじゃありませんか」

「なにを言っているんだ。出来のよい子がこんな馬鹿なことをしでかすか」

「さっきも言ったように、僕がだめな男なんです」

工藤が両親の言いあらそいを断つように同じことを言った。

「だめな男だと言って、それで済むことではなかろう」

「それはそうです。たしかにそうです。それで、里子は……離婚に同意してくれたのですか」

「おまえはなにを言っているのだ。離婚とかなんとか言う前に、やらねばならないことがたくさんあるだろう。退職金を持って女と逃げておき、だめな男だから離婚してくれ……なんだ、それは。里子さんはこのあいだ来たとき、こう言ったよ。離婚するならそれも仕方がないが、こんなわけのわからない一方的な話では納得がいかない、とな。夫に去られ、子供をつれた若い母親がどんな生きかたをしなければならないか、おまえは考えたことがあるのか。さいわい里子さんの実家がきちんとした家だからいいようなものの、だいたい退職金をそっくり持って女と逃げたなど、親としても恥ずかしい話だ」

「たしかにそうです。説明をしたいのですが、僕がだめな男だというほかに、説明のしようがないのです。一時の迷いではありません。里子には申しわけないことをしたと思っております」

「おまえは一方的にそういうように決めて済む話だと思っているのか」

工藤はだまりこんだ。返事のしようがなかった。来るべきではなかった、と後悔がやってきた。だめな男だという以外にいまの自分を表現する方法がなかった。

「とにかく、おまえの話をきいていたのでは埒《らち》があかない。おまえが女と棲んでいるところにいっしょに行こう。その上で、いっしょに鎌倉に行こう」

父が断定的に言った。

いや、それは出来ないことだ、と工藤は心のなかで早くも逃げごしになった。俺は里子のことを知りたくて来たのだ……。工藤は、自分がいまだに母に甘えているのを知った。父と兄の前ではなにひとつ自分を主張できなかった。

「そんな、あなた、保之の話もきいてあげないで、いきなりそんな風に運んだのでは、なにもかもぶちこわしですよ」

母が父に抗議した。

「おまえはだまっていろ。要するにおまえが甘やかして育てたことが保之の今日をつくったのだ。せっかく帰ってきたのだから、今夜はここで泊り、明日早目に東京に出よう。おまえが自力でなにひとつ解決できない以上、これは仕方のないことだろう。そうは考えないのか」

「たしかにそうだと思います」

「七つや八つの子供じゃあるまいし、なぜ自力で解決できないんだね。原因は、教育ママのせいだ。この原因だけははっきりしている」

工藤信一は自分の妻にも容赦がなかった。

たしかにそうだ、俺の今日をつくったのはこの母だ、俺はこの母から逃れるためにいろいろと自分のなかで葛藤を演じてきたが、結局はまた母のところに戻ってきている……。

「仕事があるから工場に行くが、明日いっしょに東京に出る支度をしておいてくれ」

信一はこう言いおいて庭に出て行った。続いて兄の昭夫が出て行った。

「ああいうようにまくしたてられたのでは、なにひとつ解決がつかないわ。とにかく保之、風呂に入りなさいよ。みんなといっしょの夕飯の席がいやなら、お母さんと二人きりでしましょうよ」

「風呂はいいんだ」

「だって、おまえ、疲れているんだろう」

「いや、疲れてはいない」

母を前にしていると自己嫌悪があった。なぜ俺はこの母と別れられないのだろう……。母の過保護の下で育てられてきた自分がどんな道を歩いてきたか、知りすぎるほど知っていながら、こうして俺はまた母に甘えにきている……。

「川のあたりを散歩してくるよ」

工藤はたちあがった。

「早く帰っておいで。風呂に入ったら、お母さんとだけの夕飯にしましょう」

初江は息子が玄関に出て行くのについて行き、夕飯は二人だけでしょう、とさらに念をおした。

工藤は生家を出ると、そのまま仙台駅に直行した。千枝のもとに帰り、あの軀に埋もれ、なにもかも忘れてしまう、それしか方法がないように思えた。

駅についたら六時ちょうどだった。六時から七時までのあいだに東京と上野行の特急が四本あり、工藤は六時二十五分の特急をえらび、乗車券と特急券を求めるとホームに入った。そこでにわかに空腹をおぼえた。朝コーヒーを一杯のんだきりだった。駅弁と茶を買い、待合室のすみで開けた。仙台には優柔不断な自分を確認しにきたようなものだった。父の勁《つよ》さは普通どこの家庭でもみられる勁さだった。そんな並みの父にさえ工藤はついて行けなかった。

弁当をたべ終り、茶をのんだ。空腹は癒されたのにみじめな感情になっていた。やがて列車がはいってきた。

帰りの列車のなかでも工藤は睡った。そして新宿の店についたのが十一時ちょっとすぎだった。今朝ここから出て行ったのに、工藤には数日もここを留守にした思いがあった。この店にはこの店特有のにおいがあり、工藤は店に入ってそのにおいをかいだとき、ああ、これだ、ここだ、ここ以外に俺の行くところはない、とやっと人間に戻った感情になった。

二階にあがってしばらくして千枝が入ってきた。

「日帰りだったのね」

「どうにもならないから日帰りになってしまった」

「話がこじれてしまったのね」

「こじれるとかなんとか、そんなことではないんだな。麴町にいま棲んでいないことだけははっきりわかった。……だが、これは、時間がかかるなあ」

「かかってもいいじゃない。あなたがここにいてくれさえすれば、あたしはそれでいいのよ」

「いま、店は混んでいないだろう」

「混んでないわ。いいのよ、おりてこなくとも。日帰りじゃ疲れたでしょう。ちょっと横になったら」

「そんなに疲れていない。あとでおりて行くよ」

やがて千枝がおりて行き、工藤は、今日一日を振りかえってみた。父に言われたように、俺はいったいどうするつもりなのか、里子にあわないことには問題は解決しないのに、こう逃げてばかりいたのでは……。もともと工藤は判断と決断力に欠けている面があったが、千枝と暮しだしてからは更に優柔不断になっていた。千枝との生活は現実だった。その現実に溺れながら、妻子との現実からは逃避している自分の姿がわかっていながら、そして父がなんとか解決にちからを貸そうと言っているのに、そこからもさらに逃避してきた。いったい俺はどうするつもりなのか……。いろいろ考えているうちに、あれもできない、これもできない、しかし、これはしなければならない、と自分を分析し、とどのつまりは自家撞着《じかどうちゃく》に陥ってしまうのであった。しかし今夜は早く千枝のあの軀に埋もれたい、あそこだけがいまの俺には息がつけるところだ……。

工藤保之が仙台を往復して優柔不断な自分の姿をたしかめたのは月曜日だったが、あくる火曜日の朝、朝永弘一は会社に出ると、田村製作所の杉浦健夫に電話をし、今夜もし時間があいていたらつきあいませんか、と言った。そして、今夜はあいているという返事がかえってきたので、五時半に銀座のおでん屋で待ちあわせることになった。弘一は、杉浦が新宿の裏まちで出あったという工藤について、もうすこしこまかい事をきこうと思ったのである。弘一は、土曜日から日曜日にかけての自分を振りかえってみて、俺にはなんとなく工藤がわかるが、しかし妹のためにこのままでいるのはよくない、出来れば工藤に会い、どうすればたがいのためによいのか、そんな事を語りあってみたかった。弘一は月曜日の朝自宅で目がさめたとき、健全な社会人にたちかえっていた。俺にはなんとなく工藤がわかるが、しかし俺は工藤のようにはなれないな、と日曜日の正午会社の応接間で考えたことと照応していたのである。

弘一が五時半におでん屋の前に行ったら、入口に杉浦健夫が立っていた。

「いっぱいなんですよ」

と杉浦が言った。

「いっぱいですか」

「みんな、ここで腹ごしらえしてからバーに行くんでしょう」

「では他の店に行きましょう。いまからバーは早いし、居酒屋ならこの近くに何軒かあります」

弘一は近くの行きつけの店に杉浦をさそった。そこは料亭だったが一階がカウンター式になっており、季節のものを料理してくれた。

「ああ、この〈鶴平《つるへい》〉なら何度かきたことがある」

と店に入りながら杉浦が言った。

「ときに杉浦さん。杉浦さんが工藤くんにあったのは、東大久保の医科大学のちかくだとおっしゃっていましたね」

銚子《ちようし》がきたとき弘一がきいた。

「そうですよ」

「工藤くんといっしょに会社をやめた女の人はなんと言う名だったかな」

「戸坂千枝といいます」

「杉浦さん、その戸坂千枝について、なにか思いだすことはありませんか。たとえば、ふだん話していて、記憶にのこっていることとか……」

「そうですね。戸坂くんはなにしろグラマーで人目についた女でしたが……」

「まあ、女の子といったら、花や茶を習うでしょう。そのほかにボーリングを好きな子もいれば、ゴルフをやる子もいるでしょう。そういう意味で、その戸坂という女についてなにか記憶にのこっていることはありませんか」

「ちょっと待ってくださいよ。……そうか、これは、もしかしたら……」

杉浦健夫はにわかに生き生きした目を弘一に向けた。

「どうしていままでそれに気づかなかったのだろう。朝永さん、戸坂くんはね、スナックを開店したい、と日頃から言っていたんですよ。工藤くんは昼間あそこを歩いていたのです、日曜日でもないのに。医大は東大久保のはずれにありますが、となりは番衆町ですよ。あの辺にはずいぶんスナックがあります。朝永さん、これは私の勝手な推理ですが、あの二人は、あの辺でスナックを開いているような気がします」

杉浦の口調は断定的だった。

「杉浦さん、それはあたっているかもしれません。工藤くんが新宿のどこかにいることだけはたしかです」

弘一は、里子が新宿局の消印の郵便をもらったことを話した。

「朝永さん、ひとつ番衆町、東大久保、三光町の辺をのみ歩きながらさがしてみましょうか。バーや一杯飲屋はぬかし、スナックだけをあたればよいのですから、そうむずかしい事ではないと思います」

こんな杉浦を、弘一は、不真面目ではないが、弥次馬だ、と感じた。しかし、こんな弥次馬がいた方が工藤をみつけだすためには都合がよいかもしれない。

「是非工藤くんをさがさねばならない、ということではありません。遊びがてらやってみますか」

蒸発した工藤をなんとなく理解できる現在の自分の心情を杉浦に知られてはいけなかった。

土曜日から日曜日にかけての都会の中でのひとり暮しには、いまでもなんとなく魅力があった。誰にもわずらわされず、食べたいときに食べ、睡りたいときに睡る、あんな生活をまいにちつづけられたら……そんな誘惑があった。

「さっそく今夜からでも出かけますか。あの辺の地理ならだいたいわかりますから。私はね、番衆町からさがせばよいと考えます。とにかくあそこは軒なみに飲み屋ですから」

「そうしましょうか。出かけますか」

「朝永さんはあの界隈《かいわい》をごぞんじですか」

「いや、まったく知りません」

「地理なら私にまかせてください」

こうして朝永弘一と杉浦健夫は、なんとはなしに意見が一致し、それから間もなく新宿に向った。

そして二人は番衆町についてものの十分もしないうちに〈岡山〉を見つけだしてしまった。というのは、杉浦は、工藤とあったのは医科大学の近くだったし、にぎやかに店が軒を並べている場所よりも、工藤も戸坂もそれほど金があるわけではなかろうから場末の店しか手に入らなかったのではないか、といった推理のもとに、銀座からタクシーで靖国通りにぬけ、番衆町の手前の道を右に折れて車からおり、番衆町と東大久保のあいだの坂道を三光町の方にむかって降りたのである。そしてしばらく歩いてから杉浦が〈岡山〉という看板をみつけたのであった。

「朝永さん、あそこですよ。左側に〈岡山〉と看板があるでしょう。戸坂千枝は岡山の女です。ここから医科大学はすぐです。あの店にまちがいありません」

杉浦はたちどまって莨をつけた。

「そうですか。あそこですか」

弘一も莨をつけた。

まるで二人は刑事のように〈岡山〉の看板を遠くから眺めた。

「家がちかいから、私は何度もここを通っています。しかし、あそこに〈岡山〉という店はなかった。もっとも私は春からこの道は通っていませんが。去年の暮にはあんな店はなかったのです。いえ、店の構えは以前と同じですが、看板だけがかわっているのです。あそこにまちがいないと思います。なにげない顔で入ってみますか」

「そうしますか」

二人は肩をならべ〈岡山〉の前にゆっくり歩いていった。そして〈岡山〉の入口の前で同時に足をとめた。

「やはり、そうです」

杉浦が言った。戸も窓もガラス張りで、杉浦は、ガラスの向うに工藤保之と戸坂千枝の顔をみたのである。

「まちがいないようですね」

弘一は莨を足もとにおとして靴でもみ消し、それから〈岡山〉の看板をみあげた。それは白いガラスに黒い字で〈岡山〉と書いてあった。

「入りますか?」

杉浦がきいた。

「入りましょう、なにげない顔で」

「こんなにはやく見つかるとは考えてもいなかったですよ」

杉浦は莨をくわえ、右手で戸をあけた。つづいて弘一がなかに入った。カウンターの前に二人の男と一人の女が掛けており、うしろのテーブルに二組の客がいるのを弘一はみた。

「いらっしゃいませ」

と戸坂千枝はカウンターの中から声をかけた。千枝はこのとき新しくはいってきた客が二人づれであるのはレジをやりながらもわかったが、正確に客の顔をみたわけではない。レジは、カウンターの中からみて左の端にあり、千枝のすぐ右に工藤が立っていた。千枝は、自分の右足を工藤にかるく踏まれ、どうしたの、と横の工藤の顔をみた。工藤は目を伏せ氷を割っていた。千枝は、工藤の横顔がこわばっている、と思った。同時に顔をあげたら、目の前に杉浦の顔が立っていた。杉浦のうしろにもう一人男が立っていた。

「水割をください」

杉浦はカウンターの前に掛けながら言った。千枝は、この店を開いた頃、工藤から、昔の同僚が現れたらいやだな、と言われ、知られたら知られたでいいじゃないの、と答えたことがあったが、こうして現実にかつての上司が現れてみると、収拾のつかない感情になった。

千枝は朝永弘一の顔を知らなかったが、杉浦といっしょにカウンターの前に掛けた男を、工藤の妻の身内の者だろう、と直感した。

「あれは梅雨期の頃だったが、きみとそっくりの男に医科大学の近くで会ってね、きみと間ちがえて相手に声をかけて失礼したことがあったよ」

杉浦が、水割をこしらえている工藤をみて言った。

工藤はだまって水割をこしらえた。あの雨の日に医科大学のちかくで杉浦に出あったのがいけなかったのだ、しかし、いまとなっては、どうしようもない、千枝がこうしていっしょにいる以上、あのときのようにしらをきるわけにはいかない、だが、なんと受けこたえすればよいだろう……。工藤はこしらえた水割を杉浦と弘一の前においた。弘一にしても、どう話しかければよいのか見当がつかなかった。なるほど杉浦が言っていたように戸坂千枝は男の目を惹《ひ》く女だった。顔も軀もはなやかだった。はなやかというより健康な色気を発散させている女だった。工藤はこの女にまいっていたのか、しかし、それだけではないだろう……。

「元気だったかね」

弘一はこんな風に話しかけていった。

「ええ、まあ、軀の方は変りなかったです」

工藤は救われたように答えた。

「このちかくに杉浦さんの行きつけの店があり、そこを出てから通りがかりに偶然にここに入ってきただけだ」

「そうですか」

工藤は目を伏せて莨をのんだ。間がもてなかった。弘一の前ではなにをどう話しても弁解にしかきこえないだろう、やはり、自分はだめな男である、としか言いようがないだろう……。

「二階にあがってもらったら……」

と千枝が工藤に小声で言った。しかし工藤は、千枝と生活している部屋を弘一には見せたくなかった。節度のない部屋だった。千枝の恥部が息づいているような部屋だった。

「いや、いいんだ。通りがかりに偶然に入ってきた店だから」

弘一は、工藤が困っているのを見て同情した。

「繁盛しているのかい」

杉浦が戸坂千枝にきいた。

「ええ、まあ……」

千枝はあいまいに答えた。

「それは結構だ。さて、朝永さん、そろそろ引きあげますか」

「そうしましょうか」

杉浦が金をはらい、二人は店を出た。そして坂道を下り、左に折れて厚生年金会館の方にぬけた。

「どうしますか?」

杉浦がきいた。

「どうしようもないな。ちかいうちにまた行ってみることにしますよ」

弘一は投げやりに答えた。

弘一が投げやりな口調になったのは、〈岡山〉で垣間みた工藤と女の生活が、すでに出来あがっている、と解釈したからであった。つまり、工藤は里子とちがう伴侶を見つけたのだろう、と弘一は解釈したのである。

「あれは、脱サラリーマンでしょうか」

杉浦がきいた。

「さあ、それとはちがうのじゃないかな。女はそうかもしれないが、工藤くんにそんな意識はないでしょう」

弘一は、なにか動物的な感じのする戸坂千枝をおもいかえしていた。

「どういう家庭の女ですか。としも相当いっているようですが」

弘一がきいた。

杉浦は、戸坂千枝がかつて会社の上司の何人かから庇護を受けていた事実を話した。

「工藤くんはもちろんそれを承知しているはずです。女の方が三つくらい年上でしょう」

「すると工藤くんは年上の女にかわいがられている、ということになるな」

「そういうように私も考えました。朝永さん、あんな縁は、ながつづきしますかね」

「さあ、それは私にもわかりません。しかし、人間って生きものは、どうにもしようのないものですな」

そうだ、人間の生きかたにもいろいろあるが、工藤の生きかたは、すくなくとも建設的ではないな、それに自己保存本能もないかもしれない、妻子を捨ててあんな動物的な女に没頭しているようでは、この俺の判断はそうはずれてはいないだろう……。弘一はこんな風に考え、工藤にあったことを家に帰って話すべきかどうか迷った。

「銀座に出てのみなおしましょうか」

杉浦が言った。

「そうしましょうか。しかし杉浦さんはお宅がここから近いでしょう」

「いや、まだ宵のくちですよ」

それから二人はタクシーをひろった。

「あんな女のどこがいいのでしょうかね。遊び相手にはいいかもしれないが、生活をともにする、といった女ではないでしょう」

車にのったとき杉浦が言った。

「さあ、それはわかりません。工藤くんは正直すぎるのかもしれません」

「すると彼女をもてあそんだかつての上司達は狡《ずる》いということになりますか」

「それも私にはわかりませんが、工藤くんが正直すぎるのは事実です」

しかし、家の者に話すべきか……やはり話した方がよいだろう、そのとき里子がどう出るかが問題だ……。弘一は、里子と戸坂千枝を思いくらべてみた。もし工藤があの女の動物的な面に惹かれているとしたら、当分あの女から足はぬけないかもしれない、と弘一は考えた。あの女には熱気のようなものがあったな……。

ひぐらし

暁方《あけがた》だった。坂西は前夜おそくまでブランデーをのんでいたが、ベッドに入るときカーテンを閉め忘れたのだろう、あかるみはじめた空がみえた。里子はとなりのベッドで睡っている坂西を眺め、それからベッドからおりるとカーテンを閉めに行った。窓の向うに南禅寺の塔頭《たっちゅう》がみえた。

カーテンを閉め、ベッドに戻った。

陽ざかりの八月に坂西と永明寺の境内を出てきてから今日で一ヵ月が過ぎていた。あの日、里子は、坂西から、目について仕方がない、と言われ、どうなさるおつもりですか、ときかえし、すこし間をおいて、目につかないようになされればよろしいのではございませんか、と答えたが、いざとなるとやはりためらいがあった。すこし時間をください、とその日里子はいった。心の準備が必要だった。

そして九月にはいってまもなくして、里子は子供をつれて仙台を訪ねた。しかし仙台にも夫からの連絡はなかった。またこの家に来ることがあるだろうか、と里子はある寂寥感《せきりょうかん》のもとに夫の生家に一泊して戻ってきたのだった。麴町のマンションにも行き、そこにいない夫と話をした。生きて行くことをうながされている女がそういつまでも独りでいることは出来ません、女はいったん飛びおりたら、そのとき覚悟がきまるものです。こんなことを言ってみたが、そこにいない夫が答えてくれるはずもなかった。

そしてある日の午後、里子は田園調布の店から坂西紙業に電話をいれた。どこか旅につれて行ってください、とたのんだのである。

「よく睡っていたが、もう目をさましたのか」

坂西の声がした。里子は現実にかえり、おこしてしまったのでしょうか、と坂西の方をみた。

「いや、そんなことはない。……あなたは、女になっていなかったのだね」

「はい、そうだと思います……」

里子は暗がりのなかで顔をあからめた。軀をひらいた前夜がまざまざとおもいかえされた。足かけ七年間の夫との生活はどうだったのか、いつも固い果実を割っている感じで、そこに手が届きそうでなかなか届かなかった日々だった。それは前夜も同じだったが、どこかですこし違っていた。どこがどう違うのか、さだかではなかったが、皮が一枚むけた感じがした。夫がいなくなってから半歳、そのことについて焦燥を感じたことはなかった。ただ生理日が近づいてくると、いくらか感情が昂《たかぶ》ったが、それも並みの情態だった。

坂西は蕈を喫んでいた。暗がりに蕈の燃えているところだけがあかるかった。

「そちらに、行っても、いいでしょうか」

里子は問いかけるようにきいた。

「いや、僕がそちらに行く」

坂西は蕈を消すと、やがてこっちのベッドに入ってきた。

「よくわからないんです。もういちど抱いてください」

暗がりが里子を大胆にした。放恣《ほうし》な感情になっていたわけではない。よくわからないのは男女のいとなみの事だけではなく、坂西浩平という男もいまの里子にはわからなかった。彼が紙業会社の社長であり、骨董に目が利き、かつて綾江と関わりがあったことのほか、里子はなにひとつ知っていなかった。

蕈のにおいがした。それは男のにおいだった。

「どうしてわたしの前に現れたのでしょうか」

里子は抱きかかえられながらきいた。

「こうなるようになっていたのだろうね」

坂西はやさしかったが要所々々が野蛮だった。開くところは思いっきり開き、刺すところは底まで突き刺す、といった野蛮さがあった。殆ど皮膚感覚のふれあいにすぎなかった夫との生活に比べ、ここにはたしかな量感があった。

前夜と同じくもどかしさはあったが、どこかでもう一枚皮がむけた感じがした。やがて現実に戻ったとき、里子は涙が出てきた。前夜はわけのわからぬうちに軀をひらいたが、今朝は、はっきり夫から別れてきた自分を視たのであった。

「泣いているんだね」

坂西は里子の涙をぬぐうと、やがて自分のベッドに戻って行った。

里子は暮方の風景をみていた。それがどこだったかはっきりした場所は記憶になかったが、鎌倉のどこかであったのはわかっていた。そこは、宅地造成のために削りとられた山肌がみえるところだった。前日まで雨がふり、雨水で道が殺《そ》がれ、あちこちに小さな流れのあとがあった。そこに夕陽がさしていた。水溜りがあり、そこに朽葉が浮いていた。もう飛びおりてしまったのだ、と里子は山肌が削りとられた暮方の風景を視つめた。

「里子さん……」

「はい……」

「いまのうちなら引きかえせるよ」

「なぜ、そんなことを。泣いたりしたからですか」

「いや、泣くのはあたりまえだ」

「もう泣きませんから」

「しかし、いい女だ」

「さっき、女になっていないとおっしゃったでしょう」

「そのうちになるよ。それもとびきり上等の女にね」

「そうしたら、どうなるのでしょうか」

「さて、どうなるでしょう」

「なんだかこわいわ」

しかし依然暮方の風景は消えなかった。新宿の裏まちをズック靴をはいて歩いていたという夫の姿が、暮方の風景の向うにみえた。こうして人は別れて行くのでしょうか、と里子は夫に問いかけてみた。夫はこちらに背中をみせて歩いて行った。

「すこし話してもよいでしょうか」

里子は問いかけた。

「いいですよ。なんのはなし」

向うのベッドから坂西の声がかえってきた。

「御家族のことをきいてもかまいません?」

「なんだ、そんなことか。女房は僕より五つしたの三十九で、ながいこと薬にしたしんでいます。いろんなところが悪いんだな。子供は一人、男の子で、中学三年生。ほかに女房のおふくろが同居しています。この人は六十三でいたって元気です。まだ、なにかあったかな。そうだ、小鳥がいる。これは女房が飼っている」

「ありがとうございました。もう同じことはききませんから。……わたしのことを話しましょうか」

「いや、きかなくともよいと思います。きいても、僕にはどうにもしてあげられない。骨董をみる目であなたを眺めるかもしれないがしかし対象は品物ではない。血が通っているなまみの女ですから、それ相応の眺めかたもあろうというものです」

「でも、目につかなくなるときも訪れてくると思います」

「そのときは仕方がないでしょう。しかし、あなたを発見できる男が、そんなにいるとは思えない。僕は李朝の白磁をかなり持っているが、自分で気にいっているのは一点しかない。すこしいびつな一輪插《いちりんざし》の壺ですが、この肌がなんともいえない。いま窯から出てきたばかりだといったあたたかさがある。そうだ、いつかそれをあなたに見せてあげよう」

「いびつなんですか」

「かたちがととのいすぎているのは、どこかに大きな欠点があるものです」

里子は、夫に去られた翳《かげ》が自分にあり、それがこの人にいびつに見えるのではないだろうか、と考えてみた。そうすると、わたしがいびつに見えなくなったとき、この人は離れて行くのだろうか……。間をおいて里子はこのことを坂西に話してみた。

「離れて行くかも知れませんね。しかし、あなたは、もともとがいびつに出来ている」

「自分ではわかりません」

「わからない方がよい。当世では、いびつな個所を売物にしている人間が多い。自覚して売物にするから、眺めていてこちらが恥ずかしくなる。春、朽葉をかきわけたら、そこに水仙の芽が出ていた、芽はすこしいびつだった、といった経験はないでしょうか」

「はっきりは憶えていませんが、そんなこともあったと思います」

「では、おやすみ。僕もすこし睡ります」

暗がりのなかで、坂西が軀の向きをかえている気配がした。そして間もなくやすらかな寝息がきこえた。

しかし里子は睡れなかった。覚悟をして旅に出てきたのに、自分がつかめていなかった。自分自身はつかめていなかったが、このひとはわかる、なにか軸だけを表に出して歩いているひとだ、といった気がした。

しばらくしてまた涙がでてきた。この涙はなんだろう、と考えてみた。涙を流しながら頭の一ヵ所が冷静だった。夫がいるというのはいまの里子には観念にすぎなかった。新宿のどこかにいることはわかっていたが、ここ半年、夫はそばにいなかった。夫が消えてから日が過ぎて行き、やがて坂西が目の前に現れ、感情の半分を坂西に向けていった。坂西を意識することは有夫の女としていけないことだ、と里子は考えながら、しかしそうした観念とは別に感情が動いて行った。そばに男がいなくては生きて行けない、といった情態ではなかったが、しかし欲求をとどめることはできなかった。夫とはかかわりのない別の場所で自分を昇華させなければならない。里子が永明寺の境内で、目につかないようになされればよろしいのではございませんか、と言っていらい思いめぐらしてきたことだった。

涙がとまり、泣いたことが嘘のように思えてきた。そしてしばらくして、苦いものが胸に充ちてきた。夫とはかかわりのない場所で自分を昇華させたつもりだったのに、どこかに自分の荒廃が見えた。それが里子を苦い思いにした。麴町の部屋が思いうかんだ。子供の顔もおもいかえされた。いやなことだったが綾江の顔も見えた。わたしは簡単に自分の欲望を満足させてしまったのではないだろうか、といった自戒の念もあった。

胸に充ちた苦いものはなかなか消えなかった。苦さが複雑だった。しかしやがて睡りがやってきた。

目をさましたら十時をすぎており、坂西はカーテンを開けた窓ぎわでビールをのんでいた。

「あら、こんなに寝坊をしてしまって。ずいぶんはやくお目ざめだったのですか」

「いや、僕もいまシャワーを浴びたばかりだ。和食堂はもう終りらしいから、レストランに行っています」

坂西は上衣を持って部屋から出て行った。

里子は三十分ほどかかって支度をすませた。浴室で裸身を鏡に映してみたが、常とかわった個所はなかったのに、感情が染められているのを知った。目がやわらかくなっていた。

部屋の鍵を持ってレストランにおりて行ったら、坂西は葡萄酒をのんでいた。

「ここも、もう朝食の時間をすぎており、一品料理しかとれないよ。簡単なもので済ませて外で昼食をとりましょう」

「はい、オレンジジュースを戴きますわ」

「きれいだ」

「朝からそんなことを……」

里子は目を伏せた。そして前夜のことがおもいかえされ、顔があかくなってきた。

二人が京都についたのは前日の夜七時だった。そして東山粟田口《あわたぐち》のホテルに入り、そこですこしやすんでから街に食事に出た。里子には七年ぶりの京都だった。新婚旅行にきたふるいまちに、こうして夫いがいの男と訪ねてくるなど、思いもかけなかったことだった。

「明日は水曜日だな。明日の朝京都をたち、あなたは田園調布の店に、僕は会社に、ということにしましょう」

ボーイがオレンジジュースをおいて去ってから坂西が言った。

「よろしいんでしょうか、そんなに時間を戴いて」

「一泊というのはなんとなく味気ない。どこかみたいところがありますか」

「わたしはどこでもよいんです」

坂西といっしょにいて自分がつかめればよかった。坂西浩平とこうなってしまったのを、自分に都合のよいように解釈し、さもそれを真実であると思いなしている面はないだろうか……。そんな反省があった。

「京都の九月はまだ暑い。比叡山に登ってみるか。延暦寺から滋賀に下り、琵琶湖に沿って西《にし》近江路《おうみじ》を走ってみましょう」

坂西はボーイをよぶと、部屋番号を告げ、ハイヤーを一台用意してくれ、とたのんだ。

「なにも召しあがらずにそんなにお酒ばかりおのみになるのですか」

里子は坂西をみてきいた。

「いや、なに、のどが渇いているんで」

坂西はどうやら照れくさいので酒をのんでいるらしかった。四十四歳と二十九歳では十五年の差があった。それが照れくさいのだろう。しかし他人《ひと》がみて釣りあいのとれないかたちではなかった。

いったん部屋に戻り、フロントから車の用意ができたとしらせがあり、二人はしたに降りて行った。

「比叡山をぬけて坂本におりてください」

車にのり、坂西が運転手に言った。

「延暦寺によられますか」

運転手がきいた。

「いや、よるのはよしましょう。坂本の里坊《さとぼう》を見物します」

里坊は山坊《さんぼう》にたいして発生した僧坊で、延暦寺の僧侶が六十歳をすぎると里坊常住になる者が多く、古趣に充ちたこの坂本の里坊には、観光客があまり足を運んでいない、と坂西は語った。

「いらしたことがあるのですか」

里子がきいた。

「五年ほど前、大津に泊ったことがあり、そのときに訪ねた。小さな城郭風に石垣をめぐらしてあり、渓流の水をひいて石を配した小さいながらいい庭がある。律院《りついん》、仏乗院、寿量院といった坊の庭を憶えているが……」

車は北白川の方にむかっていた。晴れているから比叡山から琵琶湖がみえるでしょう、と運転手が言った。

里子は前夜と今朝のことをおもいかえしていた。

暁方男に抱かれて暮方の風景がみえたのは何故だったろう……。いまも、ズック靴をはいた夫が、こちらに背中をみせて風景の向うに歩き去るのがみえた。六月のはじめ麴町の部屋に風をいれに行ったとき、夫がまだ遠い男になっていないのを知ったが、これであのひとは遠くなってしまったのだろうか。そうなったとしても、自分にそれを納得させるのは容易ではなさそうだった。

北白川から右にまがり、やがてドライブインに入ったら、そこはもう夏の終りのたたずまいだった。車の窓をあけたら、まるで水を流しているような蟬時雨の音がとびこんできた。

「秋になってこの辺は紅葉はどうだろう」

坂西が運転手にきいた。

「もうすこし上に行くときれいですね。この辺は松が多いですから」

「坂本の方を見物に行く人はいますか」

「あまりいらっしゃいませんね」

五十がらみの運転手だった。

里子の目前で風景は夏の終りの京都に戻り、坂西とできてしまった前夜がある彩りをともなっておもいかえされた。仙台に行き、麹町のマンションにも行き、旅にでる自分を納得させたはずだったのに、いざとなってためらいがあった。なかなか飛びおりることができなかった。いくらか酒は入っていたが、ちからを借りるほどはのんでいなかった。またそんな方法では飛びおりたくなかった。男の指がはいってきたとき軀がふるえた。困る、といった意識と、そのままずんずん入ってきて欲しいといった意識が葛藤していた。そして、やがて男がはいってきたとき、ああ、これは初めての経験だ、と感じた。坂西は里子の軀にはいってくる前に、運動にたとえると予備体操に似たことをおこなった。夫とのあいだでは経験しなかったことだった。女の肉を熟知しているようなあつかいかただった。はじめはかたく閉じていた軀がほぐれて行くのがわかった。目を閉じていても、自分がいまどんな姿態でいるのかがわかった。男の目にさらされていることで熱い思いになった。坂西は思いきったことをしていた。思いきったことを女の肉にあたえ、そこから更に別の思いきった行為に移っていた。それを繰りかえしながら、里子の肉をある形象の世界に導いていった。

そして、やがてどうしようもない情態に直面した里子は、これでは飛びおりるよりほかない、と思いが昂《たかま》ってきた。そしてひと思いに飛びおりたとき、男がそれに合わせてきた。半歳ぶりだったが、夫とは瞭《あきらか》にすべてがちがっていた。夫は、女の肉を生殺しにしてしまうときが多かった。それに比べこれはまたなんとはなやかな世界だろう……。そのとき里子は、これからは限りない世界がひろがっている、わたしはもしかしたらその世界に沈んで行くかも知れない、と考えた。

暁方はどうだったろう……。そのときのこともあざやかにおもいかえされた。それは、前夜の余燼《よじん》に再び火をつけたかたちだった。火がついてみると、行くところまで行かなくちゃ、といった感情がおきた。そして、前夜よりもう一枚皮が剝《む》けた感じはあったが、手が届いたとは思えなかった。

比叡山ドライブウェイといっても、北白川から大津の近江神宮に通じる道は往時からあり、ドライブウェイは途中から左に折れて比叡山に通じる新しい道だった。

「比叡山まで行き、そこからここに戻って大津にぬけましょう」

と坂西が運転手に言った。

ドライブウェイは急坂を幾重にも折れまがっており、車窓からあるときは霞んだ京都がみおろせ、ある曲りかどでは琵琶湖がひろがっていた。山頂のホテルのテラスでコーヒーをのみ、昼食は大津に行ってからとろう、と坂西は山頂についたとき言った。

山頂は涼しかった。ホテルでは朝夕は暖房をいれていますよ、と運転手が駐車場に入ったときに言った。

ホテルのテラスには二十分もいたろうか。やがて車はドライブウェイをくだって行き、大津に向った。

里坊は、坂本の日吉神社のそばにあり、渓流に沿っていくつか建っていた。そこはいかにも古い日本のまちの一角だった。見ようによっては何の変哲もない一角だったが、しかし渓流に沿った道で里坊の石垣を眺めていると、ああ、ここは日本のふるさとだ、といったおもいが里子の裡《うち》に湧いてきた。

「どうだね、ここは」

坂西がきいた。

「はい、心が鎮まりました」

「それはよかった」

坂西は石垣に沿った小さな流れに手をひたし、いい気持だ、と言った。里子もしゃがんで水に指をいれてみた。流れはつめたく、水は澄んでいた。坂西にすべてをあずけ、この流れのように坂西にまかせるよりほかないだろう……。

渓流のそばに陶板焼の看板をかけた古びた店があった。坂西は、運転手にもいっしょに入れとすすめ、三人でその店に入った。

朝食をとっていないせいか、意外に食がすすみ、陶板で焼いた牛肉や野菜が里子にはおいしかった。

帰りは、山科の方をまわる予定をかえ、琵琶湖畔に出て、堅田の浮御堂《うきみどう》を見て、それから湖畔に沿って志賀まで行き、そこから引きかえして滋賀と京都の境の途中越《とちゅうごえ》を越え、高野川沿いに大原の三千院にぬけた。夏の終りの山里はどこもしずまりかえっており、寄った三千院も寂光院も人影はすくなく、里子は旅にいる自分を視た。三千院も寂光院も蟬時雨で、それは洛《らく》北《ほく》の晩夏を告げている音だった。

ホテルに戻ったらまだ早い暮方で、夕食時まですこしやすもう、と坂西が言った。

「車にながい時間のっているのも疲れるものだ」

坂西は上衣だけ脱ぎベッドに横になった。

里子は上衣を衣紋掛《えもんかけ》にかけて棚につるし、魔法壜の湯をつかって茶を淹れた。

「ありがとう」

坂西は茶をのむとまた横になった。

「すこし横になったらどう」

「わたしはこのままでよろしいんですのよ。夜はどこに連れていってくださるんですか」

「昨夜は京料理だったが、今夜はなにがいいかね」

「わたしはなんでもよろしいんです。でも、おひるに肉でしたから、やはり京料理の方がよいでしょうか」

「では、今夜もそれで行こう。今夜は別の店にしよう」

「すこしおやすみになりますか?」

「いや、こうして横になっているだけでやすまる」

「それなら、すこし話をしてもかまいませんか」

「ああ、いいですよ」

「これから、あなたに、すべてをあずけてもよいでしょうか」

「いいでしょう」

「わたし、自分では、わがままでないつもりです。かなりのことに辛抱できると思います。ですから、わがままは申しあげません。そのかわり、ちゃんとかまってくださいますか」

「かまわないわけにはいかんだろうね。すこしいびつな白磁の焼物が目の前にあれば、どうしたってさわってみたくなる」

里子は顔をあからめ目を伏せた。

「永明寺で、目について仕方がない、と言われたときは、本当だろうか、と思いました。とてもうれしゅうございました。あんな語りかけは初めての経験でした。わたしのあんな答えも、わたしには初めてでした。……どういたしましょう……やはり話そうかしら」

「なんだね」

「あなたがはじめて田園調布の店にたちよられた日に店に活けてあった花を憶えていらっしゃいますか」

「竹筒に活けてあったな。百合だったね」

「よく憶えていらっしゃること」

「その百合がどうかしたのか」

「いいえ、もうよろしいんです」

女はこんなときに言葉では言えない、と思った。あのときあなたを好きになったのです、とはとても言えなかった。

「おかしな子だね」

「そうでしょうか。ちゃんとかまってくださるとおっしゃったのですから、どんなにおかしくうつってもよいと思います」

里子は昼間よりも心が鎮まってくるのをおぼえた。

里子は幸福な感情になっていた。ほぼ十全にちかい純粋感情になっていた。もう暗い衝動は消え、苦い感情もなく、前夜いらい体験してきた世界にひたすら調和を求める意識だけがあった。

まちに食事に出たのは五時で、車で河原町三条まで行った。

「おなかが空いたかね」

坂西は三条通りからアーケード街に入る手前できいた。

「いえ、まだ空きません」

「では、すこし歩いてみるか」

「はい。わたし、京都をよく知りませんから、すこしまちを見物したいのです」

「では、ここから新京極にぬけ、そこから蛸薬師《たこやくし》をまわって河原町に出てみよう」

アーケード街はにぎやかだった。京扇を売る店、小物を並べてある店、八橋のにおいが流れてくる菓子屋などは、いかにも京都らしく、なかには香を焚いている店もあった。新京極通りもアーケード街で、途中、六角通りでいったんアーケードは切れ、さらに蛸薬師通りでもういちど切れ、四条までつづいている。

坂西と里子は蛸薬師通りから河原町の電車通りに出た。

「なぜ蛸薬師通りとよんでいるのですか」

「この裏に蛸薬師があるからだろう。あのね、新京極と河原町にはさまれて、寺が二十以上もかたまっているんだな、この辺は。そうだ、帯揚と帯締を買ってあげよう。といって、いびつな白磁をともなって顔見しりの店に入るわけにはいかんし、そうだ、電車の停留所のちかくに小物屋があったな。歩き疲れたかね」

「いいえ」

電車通りを向うがわに渡った。三条の方にしばらく行ったところに小物屋があり、坂西はそこで帯揚を三本、帯締を三本買ってくれた。

「ありがとうございます。でも、こんなに戴いてよろしいんですか」

店を出てきてから里子は礼をのべた。

「それできれいな女になれれば、やすい散財というものだろう」

二万円ちょっとの買物だった。

坂西がつれていってくれたさきは、京料理をたべさせてくれる小さな店で、高瀬川をわたった木屋町通りの一角だった。湯葉と鱧《はも》をおいしく食べさせてくれる店だとのことだった。

里子は酒を一本はのんだだろうか。塞《せ》きとめられていた感情が流れて行くのを視た。酒のせいかもしれなかったし、あるいは暗い衝動のあとの反動かもしれなかった。この流れにまかせよう……。坂本の里坊で清冽な流れに指をひたし、この流れにまかせよう、ときめたことがあらためて思いかえされた。流れにまかせてどこに行きつくのか。それはいまから見えるよしもなかったが、いまはこの流れにまかせよう……。

木屋町通りの店を出てきたら、京のまちはすっかり夜にはいっていたが、しかし人通りが多く、まちそのものは暮れなずんでいる感じが漂っていた。夜空をみあげると、先斗町《ぽんとちょう》歌舞練場のネオンがかがやいていた。里子は自分の感情が夜の色に染まってしまったのを視た。ああ、ずいぶんとはなやかになった、このひとにすべてをあずけたからには、このはなやかさに溶けこむほかないだろう、だが、今夜はどうだろう、このひとにまた軀をひらき、また一枚皮がむけるだろうか……。期待と不安があった。期待も不安もともに自分の肉にたいしてだった。

鴨川べりに出て、そこから三条大橋まで歩き、車をひろった。

「ありがとうございました」

ホテルに戻り部屋に入ってから里子はもういちど坂西に礼をのべた。

「バーでブランデーをのんでくる。さきにバスをつかってくれ」

「ブランデーならここにありますのに」

「ここのはまたあとでのむよ。しばらくひとりにしてあげるよ」

坂西はわらいながら部屋から出て行った。

里子は帯を解いて鏡の前で化粧をおとした。今朝と同じく目がやわらかになっていた。やわらかいだけでなく艶《えん》があった。あのひとは、いびつな白磁だと表現したが、あんなやわらかさがあるのだろうか、とあらためて自分の顔を眺めた。

坂西が戻ってきたのは一時間ほどすぎた頃で、里子はさきにバスをつかい、薄化粧をすませたときだった。

「そんなにおのみになって大丈夫ですか」

「大丈夫でしょう。さて、バスをつかうか。すこしブランデーでものんだらどう」

「あとですこし戴きます」

坂西がバスをつかっているあいだ、里子は、これからさきのことをいろいろと思いめぐらした。六月に父といっしょに東京に出たとき、父から、自分を賤《いや》しくしないことだったら、どんな新しい道でもよいから見つけるんだな、と電車のなかで言われたことがあった。新しい道は無理に見つけようとして見つかるものではないが、もし見つかったら、それは地下水のようなもので、もっとも清冽だろう、とも言われた。父に坂西のことを告げておくべきだろうか……。恥ずかしさがさきにたち、それは出来そうもなかった。もし坂西がその地下水なら、そこに溺れてもよい、と考えた。生きることの哀しさ、楽しさ、美しさを、すべて坂西にあずけよう……。

カーテンを閉めた窓際にたっていったら、南禅寺のあたりは夜に包まれ、平安神宮から北白川にかけてはまだ光が氾濫《はんらん》していた。

里子はカーテンを閉めると鏡の前に行き、もういちど顔を映してみた。それからテーブルの前に戻り、ブランデーの壜の栓をあけた。

部屋のすみのスタンドだけがついているのに、里子にはそれすらがあかるすぎるように感じられた。たぶんこれは不安と期待のせいだろう、と思った。

「旅に出てきてよかったと思うかね。もっとも比叡山の麓《ふもと》を一周しただけの見物だったが」

坂西がブランデーをひとくちふくんでからきいた。

「よかったと思います。……心がきまりましたから」

「それならよかった。さきにおやすみ」

「はい、やすませて戴きます」

里子はさきにベッドに入った。

坂西が入ってきたのは、それから二十分ほど過ぎた頃だった。

里子は、男を迎えいれる女のはなやかさを初めてしったように思った。

「昨夜よりなんとなくほぐれてきたようだね」

「そうでしょうか」

里子は目を閉じたまま答えた。躯が浮いて流れて行くような情感があった。くちが合わされた。やがて乳房をまさぐられ、男の手が腰にのびていった。目を閉じていても、スタンドの光がほのかにあかるかった。男の手が、女の躯の要所々々を押えている、という感じがした。ある個所ではくすぐったく、ある個所では抉《えぐ》りだされるような感じがした。行くところまで行きそれは山を越えるときの、いつもの感覚に似ていた。ある頂点にむかって、ひたすらに上ってゆく。そして頂点をこえ、しだいに力をぬいていくと、里子は死の予感に似たものに突き動かされていた。この頂点を過ぎたら、自分はもう死ぬ。そんな気がしてならない。いっそこのままゆるやかな下り坂を降りて、なにもかも忘れたい、と里子は思い、このまま自分が抉りだされたい……。ああ、と里子は声をだしたように思う。生の本能と死の本能が並行しているのをおぼえた。これでは死んでしまう、と思ったとき、ひとつの山がやってきた。それはかつて経験しなかった山だった。山をこえたら、ゆるやかなくだり坂になった。

山はもういちどやってきた。新鮮な驚きと、これで女になったのだろうか、という思いが湧き、あとはもう憶えていなかった。かつてなかった声をあげたことだけは憶えていた。なにかやわらかいものの上にのって流れて行くような感覚があり、気が遠くなっていった。

目がさめたら、首の下に男の腕が入っており、もう片方の手は腰にまわされて抱かれていた。

里子は軀を男に向け抱きついた。

「女になったようだね」

「こんなこと、はじめてです。でも、こわい……」

「女になって行くのがかね」

「はい自分の軀がこわい……」

「女にならなくちゃ仕方ないじゃないか」

「そうしたら、あなたを憾《うら》むかもしれません」

「うらまれてもいいよ」

「でも、ありがとうございました」

涙が出てきた。女になった歓びが湧いてきたのである。はじめて限りないはなやかな世界を経験してきて、染められて濡れた感情が余韻をひいていた。あの山は初めてだったし、しかも二度もあった、あれが本当なのだろうか……。

あくる朝京都駅から新幹線に乗ったのは九時十四分だった。

東京駅には十二時ちょっとすぎにつき、昼めしをどうする、と坂西にきかれた里子は、田園調布に行ってからにします、と答えた。

「では、また電話をするよ」

二人は新幹線のホームから出たところで別れた。

どうしようか……。里子は丸の内の出口に向って歩きながら考えた。麴町のマンションをまわってから店に行ってもよいだろう……。なんのために麴町に行くのか、と自分にきいてみた。駅を出てタクシーに乗った。そして麴町のマンションにつき、五階にあがった。そして部屋の戸の前にたち、ちょっと間をおいてからハンドバッグから鍵をとりだした。

いつきても同じ部屋だったが、今日はこちらがかわっていた。一枚だけ窓をあけた。食卓の椅子にかけてみた。目の前に莨の焦あとがあった。もう飛びおりてしまったのです……。里子は焦あとを視つめているうちに涙が出てきた。人の世の不確かさが身にしみた。焦あとに涙が数滴おちた。

しばらくして里子は顔をなおし、窓をしめ、部屋を出てきた。坂西とできてしまった自分を納得させるつもりだったのか……。そうかもしれなかった。東京駅で坂西と別れたとき、不意にさびしさがおそってきたのは、何故だったのか……。

田園調布の店についたら、すでに一時をすぎていた。店をあけ、電話で同じビルのなかにある蕎麦屋からざるそばをとりよせた。食事をすませて鎌倉の家に電話をした。数日旅をしてくる、と話した里子に、家の誰もが、気晴らしになってよいだろう、とさんせいしてくれた。どこに行くとも話さずに月曜日の午後家を出てきたが、帰ってきたことは知らせねばならなかった。電話には牧子が出てきた。いま店にいるが夕方いつもの時間に帰るとつげたら、工藤さんの居所がわかったらしいわよ、と牧子が言った。

「うちの人が見つけてきたの。あなたが出かけた日の夜、その話が出たけど、見つけたのは九月のはじめらしいわ」

どういうことだろう、と里子は考えてみたがわからなかった。帰宅してから話をきくことにして電話をきると、あの人の居所がわかったというのは本当だろうか、とにわかには信じられない気がした。九月のはじめといったら、わたしが仙台に行った頃ではないか……。家に帰って夫の居所が見つかった話をきくのが、なんとなくいやな気がしてきた。勝手すぎると思った。九月のはじめに見つかったのなら、なぜそのときに知らせてくれなかったのか。坂西とできてしまったのを悔んでいるわけではなかった。優柔不断な夫がいまごろになって姿をみせたことにたいしての怒りだった。

里子はいつものように六時に店を閉め、帰路についた。

しかし、九月のはじめに居所がわかったのに、いま頃になってそれを知らせてくれるとは、しかもわたしがいないときをえらんだのは、どういう事だろう、と考えてみた。わたしに知らせてはぐあいの悪いことでもあったのか、それなら牧子さんがあんな風に話すはずもないだろう……。

里子が兄の弘一からくわしい話をきいたのは夕食をすませた後だった。

「おまえに知らせてどうにかなるものだったら、とっくに知らせたよ。工藤くんは、千枝という女にとっぷり浸《つ》かっていたんだ。はたがなにを言おうと、きこえない情態だったよ」

弘一は〈岡山〉という店を簡単にさがしだすまでの経緯を語ったが、なぜ工藤をさがしだそうとしたのかの自分の心の経緯はぬかした。蒸発した工藤の心境がなんとなくわかる気がしたので彼にあってみたかった、などとは妹に言えなかった。弘一はその後九月なかばに再度〈岡山〉を訪ねていた。そのとき弘一は、きみの蒸発はなんとなくわかるよ、と工藤に言った。里子にはここの場所は伏せておくから、とも言った。酒のちからを借りた放言ではなく、自分の気持をありのままに伝えた、と弘一はいまも考えていた。しかしそんなことを妹には知らせられなかった。

「それで、あの人と、話しあわれたのですか……」

里子は遠慮がちにきいた。

「いや、それがね、さっきも言ったように、とっぷり浸かっている情態だろう、話しあってもしようがない気がしてな」

里子は兄の話をきいているうちに、なにかがおかしいと思った。話の筋に明晰《めいせき》さが欠けている気がしたのである。

「あうなら連れて行ってやるが、俺の考えでは、あわない方がいいと思う。おやじとおふくろは、離婚届を出した方がよいと言っているが、俺は、そんな簡単なものではないだろう、と答えておいた」

「あわない方がいい、といっても、あの人と話しあわないことには、なんの解決にもならないではありませんか」

「それはそうだが、なんといえばいいかな、工藤くんは、なにか世捨人のような生活をしているらしい」

「ありがとうございました。父さんと母さんに相談してみます」

里子は兄と話しあった客間から出てきた。世捨人のような生活とはなんだろう、スナックでシェーカーを振りながら世捨人になれるのだろうか……。兄と話しているうちに、あるもどかしさを感じたが、考えてみると、兄の態度もおかしかった。

居間では父と母が茶をのんでいた。

「どうだったかね」

弘資が娘をみてきいた。

「兄さんが、どうしていままで隠していたのか、よくわからないんです。あわない方がいいと言っていましたが、あわないことには、なんの解決にもならないし、とにかく父さんと母さんに相談してみる、ということになったのです」

里子が答えた。

「あってどうするのかね。向うの言うように離婚届に印判をおした方がよい、と父さんは考えているんだ。弘一の話だけではよくわからない点もあるが、工藤くんは、なにかに流されてしまって、もう浮かびあがってこられない男になってしまった、という気がする。あうのはかまわない。しかし、こちらから出かけることはあるまい。麴町によびだしてあえばよいだろう」

「こちらによんだらどうですか」

明子がくちをはさんだ。

「くると思うかね。なにもかもがだめになってしまった男のような気がする。弘一もそう言っていた。ただ、離婚はどうかな、と言っていたが、あいつは変なところで工藤くんに同情しているふしがみえる」

有産階級人の冷たさ、といったものが弘資にはあった。はじめから危惧があったという工藤との結婚が、こんなかたちで破れてしまったいま、父がこういうのももっともだろう、と里子は思った。

弘一がはいってきた。

弘資は、二人を会わせてやれ、と弘一に言った。

「里子だけがあうんですか」

「われわれが入っても無駄だ。あの煮えきらない青年は、われわれに腹をたてさせるだけだ」

「向うへ行くんですか」

「麹町に呼びだせばよい。里子が言っているように、あってたがいが納得すれば離婚は成立する」

「そうですか。じゃ、とにかく、明日の夕方行ってみましょう」

「おまえは工藤くんに同情しているようだね」

「同情というほどのものではありませんが、蒸発した彼の気持がなんとなくわかる気がするのです」

「いかんね、おまえがそんなことを言っては。朝永商店は小さい会社だが業績がよいことで知られている。これまで着実に歩んできたからだ。もっと明断に物事を判断しなくちゃ困るね。責任ある者が、変なことに変な同情は禁物だ。身分ある者には必ず義務がともなうものだ。その義務を忘れちゃいかん」

「明日行って話してみましょう」

「そうしてくれ」

「仙台に知らせなくてもいいかな」

弘一が里子にきいた。

「その必要はないだろう。本人達だけで話しあえばよい」

弘資がさえぎった。

あくる木曜日の午後、里子は、前日売れた井戸茶碗の代金を長谷の奇瑋堂に届けに行った。七月に、萩《はぎ》茶碗を田園調布の店に並べ、三十二万円から三十五万円で売ってよいが、もし三十五万円で売れたら三万円はあなたにあげる、と綾江から言われたことがあった。その茶碗はまもなく三十五万円で売れたが、綾江は約束をけろっと忘れたようであった。里子ははじめから三万円もらうなど考えていなかったので、気にもとめていなかったが、坂西と京都に行ったとき、永明寺で坂西が綾江は金銭にきれいでない、と言っていたことをおもいだし、そんなものか、とあらためて綾江の商人としてのありかたを考えたくらいであった。

奇瑋堂に行ったら、綾江は出かけていなかった。里子は綾江の母に金を渡し、それから歩いて永明寺に行った。綾江にあわずにすんでよかったと思った。うしろめたさはなかったが、坂西とできた直後だけに、気持が割りきれていなかった。

永明寺についたら、山かげになっているせいか境内は暮方のたたずまいで、まわりの林では茅蜩《ひぐらし》がかなかなと美しい声でないていた。北鎌倉の家でも、夜明と日暮に、高く美しい茅蜩の鳴声をきくことがあったが、この境内は蟬の数が多いのか、あちこちでないていた。

茶室で茶を点《た》てているときは茅蜩の声をきかなかったのに、点てた茶を老師の前においたとき、再び美しい声がきこえてきた。その鳴声をきいていると、こちらに無常感のようなものがつたわってきた。

「その後、紙屋とは逢っているのかね」

簡明な質問だった。

「はい、逢いました」

里子は質問に釣られたように簡単に答えてしまった。

「迷いがあるのか、なにか」

「いいえ、こうして、ここで、茶を点てながら老師におあいするだけで、迷いも流れて行くと思います」

「生《しょう》なく滅なし、という言葉がある。人間は誰でも絶対的な存在ではない。とにかく歩いてみる以外にない」

里子は、生なく滅なし、という言葉を胸にたたみこんで永明寺からおりてきた。兄が今夜夫とあってどんな風に話してくるのかは知らなかったが、もし夫と話しあうために会うとすれば、もっとさきのことにしよう、と考えた。坂西と旅をしてきてまだ心の整理がついていなかった。京都では流れにまかせたつもりだったのに、夫が見つかった話をきいてからは、やはり苦い感情になっていた。女の肉が坂西を憶えていた。そして夫の肉は記憶になかった。迷いはないのに哀しみがあった。

坂道は暮方だった。里子は茅蜩の声に包まれて坂道をおりながら、坂西とは別れられない自分を視ていた。

この日の暮方、弘一が、新宿の〈岡山〉についたのは六時すこし前で、どんな風に話しだそうか、と考えながら店に入ったら、なにか店の様子が以前とはすこしかわっているような気がした。おかしいな、店をまちがえたのかな、と戸をふりかえったら、ガラス戸にちゃんと〈岡山〉と書いてあった。客は五、六人おり、カウンターのなかには二十歳くらいのバーテンと四十がらみの肥った女がいた。

弘一はカウンターの前に掛けてウイスキーの水割を注文し、この店の夫婦は留守ですか、と肥った女にきいた。

「前の方から代替りしたんです」

と女が答えた。

「そうですか。いつのことですか」

「今日で四日目です。居ぬきのままゆずってもらい、店内をちょっと変えただけです。どうぞ御贔屓《ごひいき》に」

「そうですか。それで、以前の経営者はどちらに……」

「さあ、それはわたしどもの方では存じません。なにしろこの水商売をやっている者は、新宿だけでも日に十軒や二十軒は代替りしていますからね。わたしどももここにくる前は西落合に小さな店をもっていたのですが、そこをゆずってここに移ってきたわけです。ですから、前の方は、もっと大きな店に移られたのではないでしょうか」

「どうもありがとう」

弘一は水割を一杯のんで店を出てきた。

なにも逃げなくともよいのに……。弘一は、気の弱い工藤保之にはじめて同情した。兄の目からみて妹の里子は、なにが起きてもさわぎたてる女ではなかった。二人が元に戻るのはむずかしいかもしれない、しかし、出来ればもとにもどし、工藤を朝永商店に入れてはどうだろう、というようなことを考え、弘一はゆっくり時間をかけて工藤を説得するつもりでいた。

しかし、なんという弱い男だ！　厚生年金会館前の通りに出てタクシーをつかまえたとき、弘一は腹がたってきた。

「お客さん、どちらへ？」

運転手がきいた。

「ああ、銀座です。八丁目の辺にやってくれ」

弘一は答えてから莨をつけた。腹をたてた後にはやはり同情した。何人かの男の愛玩具《あいがんぐ》であったという千枝にも同情した。気の弱い者同士がひっそりと寄りそっているのかもしれない……。

弘一は銀座に出ると、行きつけのバーによった。帰宅して、あの二人は逃げてしまった、と知らせたら、家の者はなんというだろう。気が重かった。しかし、あいつには、自分の子供のことがまったく念頭にないのだろうか。妻はいいとしても子まで捨てられる男の心境が弘一には理解しかねた。要するにあいつの精神が未熟だということだろうか、とすると、あいつは一生大人になれないということになるが……。

裏まち

逃げよう、と言いだしたのは千枝の方だった。かつての会社の同僚がもし店に現れたときは、そのときはそのときでいいじゃないの、と言っていた千枝だったが、工藤の妻の兄の出現は予想外だったのである。工藤は、朝永弘一に見つかってしまった以上、正式に話して離婚にふみきるべきだろう、とほぼ覚悟をきめたのであった。ところが、弘一と杉浦健夫が現れた日の夜、店をいつもより早く閉めた千枝が、逃げよう、と言いだしたのであった。

「あなたの奥さんに踏みこまれたら、あたし、なんにも答えられないわよ」

千枝は、移る店を明日からさがす、と言った。千枝にまかせるよりほかないだろう、と工藤は投げやりな感情になった。しかし、明日にでも里子に踏みこまれたらどうするか、そのときはそのときで仕方がないだろう……。

そしてあくる日から千枝の店さがしがはじまった。現在の店の権利を売る方も不動産屋にまかせ、これはすぐにでも買手がつくという不動産屋の話だった。

千枝は、もう新宿はいやだといって、目黒と世田谷方面をさがした。しかし思うような店がなかなか見つからず、九月なかばに朝永弘一が現れたときはひやっとしたが、しかしこれまで工藤の妻が踏みこんでこないところからみて、話していないのかな、と千枝は考えたりした。そうだとしても工藤の妻に踏みこまれるのは時間の問題だろう……。朝永弘一はその日、きみの蒸発はなんとなくわかるし、里子にはしばらくここの場所は伏せておくよ、と工藤に言ったそうであった。あとで工藤から話をきいたとき、要するにあたし達はまっとうな仲ではないのだ、と自分の立場を確認した。

目黒の平町《たいらまち》に店を見つけたのはそれから間もなくだった。住居つきの店をさがしたのでなかなか見つからなかったが、平町の店は、住居つきで居ぬきのままだった。大家は近くの魚屋だった。東横線都立大学の駅から歩いて五分という場所だった。

「こっちの方が空気がいいわよ」

と千枝は言っていた。久米陽子は家から遠くなったといってやめて行ったが、藤井愛子はこれまで通り来てくれた。

なるようにしかならないだろう、と工藤はここに移ってきてからは、さらに投げやりな感情になっていった。千枝は精力的に動いていた。それはまったく動物的といってもよかった。店の名は、岡山は縁起がわるいといって生家のある広瀬町を使うことにし、〈ヒロセ〉と看板をかけた。

平町は駅からちかいのに、工藤には裏まちの感じがした。店のある一角だけがそうなのかもしれなかったが、この裏まちの雰囲気に工藤は安心できた。しかし朝永弘一がなぜ自分に同情したのか、工藤は越してきてからときたま考えることがあったが、どうもわからなかった。

「岡山に行こうと予定をたてていたけど、これじゃ当分行かれそうもないわ」

とある夜店を閉めてから千枝が言った。

「正月に行ったらどうだろう」

工藤は遠慮がちに応じた。

「あなたもいっしょにきてくださる?」

「いや、僕はやめるよ。わかってもらいたいんだ」

「でも、あなたが息ぬきできるのは、ここだけじゃないの。いつかも言ったと思うけど、岡山の家族は素朴な人達なのよ」

「それはわかるよ。わかるけど、もうしばらく、他人《ひと》とは会いたくないんだ。わかってくれ」

店は以前の人もスナックをやっていたのでそのまま使えた。二階は六畳と三畳で、新宿の店よりいくらか広かった。

工藤はここにきてからもよく歩いた。歩いているうちに、いつしか人通りのすくない裏まちをえらんでいた。平町から中根町、碑文谷《ひもんや》、ときには大田区の北千束まで歩いてくる日があった。この辺なら知っている顔にであうこともあるまい。そんな安堵があった。東横線の都立大学のつぎは自由が丘で、そのつぎが田園調布だった。平町から歩いてもそれほどの距離ではない。田園調布の或るビルに鎌倉の骨董屋が支店をだし、そこに週三日里子が来ているなど、もちろん工藤は知るよしもなかった。

千枝は以前より更に工藤にやさしくなり、まめまめしく働いた。追われている意識が千枝をそうさせた。自分には負いめがある、新宿からこちらに来たのも、もとはといえばあたしのせいだ、といった意識が、工藤にやさしくつくす態度になった。

客の入りはそれほどよくなかったが、赤字が出るほどのことではなかった。

いまの工藤には、俺はこんな生活をしてしまいにはどうなるのだろう、といった自己反省の気持は消えていた。自分を視つめることに疲れてきたせいかもしれなかった。

平町からすこし北に行くと、目黒通りと環状七号線がまじわっているところがある。そこを通り過ぎて東横線のガード下をくぐり、すこし北に行くと碑文谷公園に出る。小さな池があり、樹木がすこしあった。かつて新宿御苑であじわった場ちがいな感じのする公園ではなく、庶民的な場所だった。工藤はよく午後の一刻《ひととき》ここに来てベンチにかけ、莨をのんだ。近所の主婦だろう、小さい子をつれて遊びにきている女達に出あう日もあった。東京の秋には彩りがなかったが、それでもここにくると、なんとなく秋を感じた。晴れているのに、空は澄んでいないのが東京の空だった。陽ざしも弱かった。

工藤はしかしこの公園を好んでよく訪ねてきた。することがなかったのである。

ある日の午後、工藤がベンチにかけてぼんやり莨をのんでいたら、中年の男がそばにきてかけ、競馬新聞をひらいた。

「てめえの家だというのに安心してたのしめねえからな。なんしろ嬶《かかあ》がうるさくてよ」

男は工藤をみて言った。まるで友人に話しかけるような口ぶりだった。角刈の頭で、灰色のポロシャツに同じ色の木綿のズボンをはき、サンダルをひっかけていた。

「この辺ですか」

工藤が聞いた。

「ああ、近くでガラス屋をやってるが、たのしみといったらこれしかねえんでよ」

男は莨をつけると競馬新聞に見入った。右手に色鉛筆を持っており、男は新聞にチェックしていた。

「あんた、競馬はやらんのか」

と男がこっちをみてきいた。

「やったことがありません」

「競輪は?」

「それもありません」

「やりだしたらこれほど面白いものもねえよ」

「儲かりますか」

「あんまり儲からねえな。なんだな、これは病みつきになると、もうやめられねえんだ。俺なんざ、女道楽をするでねえし、大酒をのむわけじゃねえし、たのしみといったらこれしかねえんだ。それを嬶のやつがつべこべぬかすから、こうして逃げてきているってわけよ」

「競馬場に行かなければだめでしょう」

「なに、場外馬券売場があるのさ。そりゃ出かけるにこしたこたあねえが」

「競馬場といったら府中でしょう」

「ああ、この辺では他に中山と大井にあるね。競輪は東京じゃ廃止になっちまったが、平塚と小田原に出かけるのはたのしみなもんだよ。ちくしょうッ、来週はどうしたって小田原に出かけなくっちゃ」

「来週小田原で競輪があるんですか」

「先月は小田原で二万円ばかしやられちまってよ、こんどはとりかえさなくっちゃ」

「いちど、その競輪場をみてみたいですね」

「よかったら連れていってやるよ」

「いくらくらい持って行けばよいでしょうか」

「そりゃいくらあったっていいさ。まあ、一万円もありゃいいんじゃないかな。あんた、家はどこだい?」

「平町の方です。しかし、競輪場に行くのを家の者に知られちゃまずいんです」

「あんた、来週の火曜日の朝九時に、学芸大学駅のホームに来てくれ。そうすりゃいっしょに行けるよ」

「火曜日の九時ですね」

工藤はたちあがった。話のはずみで約束をしてしまったが、行くかどうかはその日になってみなければわからなかった。工藤は男に別れをつげ、公園から出てきた。俺は、あの庶民的な男に親しみをおぼえ、それであんな約束をしてしまったのか、それとも話相手がほしかったのか……。工藤はあてどなく歩きだした。

考えてみると公園で中年男と競輪場に行く約束をしたのは、妙な経験だった。競馬や競輪だけでなく、賭《か》けごとはなにひとつ知らなかった。もちろん麻雀《マージャン》も知らなかったし、碁、将棋もできなかった。それなのに何故競輪場に行く約束をしたのか。工藤は自分ながらおかしな約束をしたものだと思った。

約束の日、工藤は、学芸大学駅のホームに行った。男はすでにきていた。

「ああ、来たね。あんたは都立大学から乗ってもよかったんだ。まあ、いいや、でかけようや」

二人は下りの電車に乗り、横浜で湘南電車に乗りかえた。

「読んでおきなよ」

男は競輪新聞を一枚よこした。彼は何種類もの競輪新聞を持っていた。工藤は読んでいるうちにだいたいのことがわかってきた。

「はじめは連の方でやって行くんだな」

男はまず連勝式の賭け方から教えてくれた。

「たとえばこの予想のように5―3と賭けてその通りに入ったら、いくら払い戻されるのですか」

「そりゃ車券が売れた枚数でちがってくるんだ。たくさん売れていたら配当はすくないし、すくなく売れていたら配当は多くなるのよ」

男の説明をきいているうちに工藤はだんだんわかってきた。やってみたら面白いかもわからない、と思った。

やがて小田原につき、タクシーに乗った。

「いまからだと三レースに間にあうかな」

男が言ったら、運転手が、四レースにぎりぎりでしょうね、と答えた。競輪場についたら、場外だというのにかなりの人がいた。勝ったのか敗けたのか、もう帰って行く人もいた。

「ありゃ、すってしまった連中だよ」

と男は言った。

入場券を買ってなかに入った。

場内では、すでに四レースが追いこみにかかっており、うわあ、とさけんでいる人の声が坩堝《るつぼ》のようになって空にぬけていた。

「ちくしょうッ、俺は四レースは1—3とにらんでいたが、間にあわなかったか」

男がさけんだ。

選手達の背番号をみて、ああ、そうか、と工藤は思った。3番と1番が先頭を競《せ》っていた。工藤もみているうちに興奮してきた。3番か1番か、とみているうちに、1番が実に簡単に3番をぬいてゴールした。

「くやしいね。このレースに間にあっていたら、俺はこのあいだの分をとりかえしていたのに」

男は本当にくやしがっていた。

やがて配当額が放送された。1―3で七百二十円だった。

「五レースは、2―4か2―6、あるいは4―6というところだ。はじめてだからわかんねえだろうが、ま、その辺を買っときなよ」

男は工藤を車券売場に連れて行った。

工藤は男に言われたように2―4、2―6、4―6を各一枚買った。

みていると、場内の人はさまざまだった。背広にネクタイをしめているのに雪駄《せった》をはいている若い男、パンタロンにズック靴をはいて割烹前掛をかけ、新聞に赤鉛筆でチェックしている五十年輩の女、といった風に服装がちぐはぐな者がかなりいた。もちろんきちんとした服装の者の方が多かった。

やがて投票をしめきる場内放送があり、群衆は金網をはりめぐらしてあるグラウンドのまわりに流れて行った。

間もなく自転車が発走した。九人の選手はみな同じ姿勢で走っていた。

場内全体を、ささやきに似た群衆のざわめきが充ち、やがて最後の一周に入る手前で銅鑼《どら》がなった。とたんに群衆は総立ちになり、みんなわけのわからないさけびをあげていた。銅鑼がなりつづけるなかを、選手達は2、9、4と順に走っていた。そして最後の半周で三番目の4が9をぬき、2―4とゴールインした。

「2―4でだいぶつくかな」

男は2―4をかなり買っていた。配当は四百六十円だった。

しかし、あの銅鑼は射倖心《しやこうしん》を煽るな、と工藤は終ったレースをおもいかえし、妙な気分になっていた。静かだった感情に波がたっていた。一種の感性の満足があった。配当はわずか四百六十円でも、欲望を満足させたという愉楽の感情があった。

つぎのレースから工藤はずうっと車券を買った。勝つのはすくなく敗けるときの方が多かった。

男も敗けてばかりいた。

「あんた、いくらかあるかい?」

男が八レースが終ったところで工藤にきいた。

「六千円ぐらいあると思います」

「俺はもう帰りの電車賃しかない。すこし貸してくれないか」

工藤は金をだし、やはり電車賃だけのこし、四千円を男に貸した。工藤は九レースに男に貸した残りの二千円を賭けた。

このレースは二人ともはずれだった。

「つきがわるいな。また今日も三万五千円すっちまったよ」

男ははずれの車券をもういちど調べていた。あたっているはずがないのに、有金を全部うしなってみると、そういう心情になるのかもしれなかった。場内に捨てられた車券をひろって空にすかしてみている者もいた。

「帰ろう」

男が思いきりよく言った。

「明日も来るんですか？」

競輪場を出てきたとき工藤がきいた。

「いや、明日は仕事だ。また嬶がうるせえな、家にけえると。借りた金、ちょっと待ってくれるかい？」

男は工藤をみた。

「いつでもいいですよ」

工藤が答えると、男が、たがいに名を知らねえな、と言った。

「僕は工藤といいます。平町で〈ヒロセ〉というスナックをやっています」

「俺は森岡という。碑文谷の森岡ガラス店といえばあの辺の人はみんな知っているよ。そうかい、スナックをやっているのかい。俺は一杯飲屋にしか縁がねえが、いちどのみに行くよ。どの辺だい」

工藤は場所を説明した。

「ああ、あの辺か。日本酒がおいてあるかい」

「おいてあります」

「俺は日本酒でねえとだめでな。……おっとっと、けえりはこっちだ。歩いてすぐだ」

二人は左にまがった。東海道線の上の陸橋を渡り、小田原城を右にみて坂をくだると、間もなく小田原駅だった。二人と同じく競輪場帰りの人々がずいぶん歩いていた。工藤は競輪で八千円うしなっていたが、金をうしなったという実感がなかった。

「やはりうしなう方が多いのでしょう」

坂をおりきったところで工藤はきいた。

「そりゃどうしたってそうなる。それでやめられないんだからね。でも、女遊びにくらべりゃやすいもんだよ」

森岡は他の遊びと比較することで自分の賭博好きを弁護していた。

平町に帰りついたら暮方だった。

「あたしが睡っているうちに出かけたのね。いままでどこに?」

千枝にきかれて、競輪に行ったとは答えられなかった。金は千枝の財布からだまって持ちだしていたが、調べればわかることだった。

「映画をみてきた」

と工藤は答えた。

「ずいぶんながい映画だったのね」

「うん、めしを食ったりしていたものだから」

「映画なら日曜日にいっしょに行けばよかったのに」

「そうだね。こんどの日曜日にいっしょに行こう」

しかし千枝は、なにか腑《ふ》におちない、といった表情だった。

「藤井さんはまだか?」

「愛子ちゃん、いま豆腐を買いにやらしたの。おなかすいたでしょう。豆腐がきたら夕飯にするわ」

藤井愛子は会社がひけてまっすぐここにくるから、夕食はここでとっていた。

工藤はウイスキーの水割をこしらえてテーブルの前に行ってかけた。はずれた車券が何千枚と落ちていた競輪場がおもいかえされた。その車券をひろって番号をたしかめていた男は一人や二人にとどまらなかった。有金をつかいはたし、もしや当り券がおちていはしないか、と藁《わら》をもつかむ気持だったのだろう……。うらぶれた光景だった。工藤にはそのうらぶれた光景がなんとなく懐かしくおもいかえされた。

うらぶれたものが工藤の内面に照応するのは、今日の競輪場の光景だけではなかった。新宿にいたときも人通りのすくない道をえらんで歩いていたし、ここに移ってきてからもそうで、何故だろう、と工藤は考えてみた。自分のなかに、弱者にたいする共感があるのはかなり以前から知っていた。しかしこの共感は外に向わずいつも内に向っていた。したがって視角の範囲がせまく、単眼視野で終るのが殆どだった。開かれた社会というものが見えなかった。妻子を捨てて逃げているのは、この単眼視野のせいであった。無責任だ、つめたい男だ、といった表現は、工藤の場合にはあてはまらなかった。視覚それ自体に奥行がなかったのである。それだけに善良で、なにか事件をひきおこしても、本人に悪意がないから、周囲の者は処理のしようがなかった。もちろん本人にはなにひとつ処理するちからがなかった。

藤井愛子が買物から戻ってきて夕食になった。

「新宿にいたときより、こちらの方が遠くなったかしら」

食事のとき千枝が藤井愛子にきいた。

「いえ、こっちの方がずっと便利です。渋谷で乗りかえるだけで済みますから」

藤井愛子の家は井之頭線の池ノ上にあった。目だたない娘だったが、やさしさがあった。こちらがだまっていても気がつくといったところがあり、新宿にいたとき客うけがよかった。

カウンターをさかいに、千枝と藤井愛子は中で、工藤は外で、というのが食事のときの掛けかただった。スナックだから食事中に客がきても気楽だった。

　食事をすませてからしばらくして工藤は銭湯に行った。こんどの家には小さな内湯があったが、工藤はたいがい銭湯にでかけた。

　新宿のあの店に、あの人達はまた現れただろうか、と工藤は湯船につかって朝永弘一と杉浦健夫をおもいかえした。杉浦はいいとしても、朝永弘一を裏切った感情があった。千枝から逃げようと言われたときすでにこの感情はおきていた。しかし、あの人は、なぜ俺に同情したのだろう……きみの蒸発はなんとなくわかるし、里子にはしばらくここの場所は伏せておくよ、とあの人は言っていたが、あれは、どういうことだったのか……。

　銭湯から戻ったら、競輪場に行ってきたせいか、疲れを感じた。二階にあがってごろっと横になっていたら、千枝があがってきた。

「あたしね、嘘をつかれるのはいやよ」

　と千枝は工藤の横にすわりながら言った。

　工藤ははじめなんの事だかわからなかった。千枝は別に怒った表情ではなかった。

「あなた、以前からやっていたの？」

　千枝は両手で工藤の胸をゆさぶった。

　あ、そうだった、と工藤は自分の迂闊《うかつ》さにやっと気がついた。ズボンのうしろポケットに競輪新聞をたたんでいれておいたまま、別のズボンにはきかえて銭湯に出かけたのであった。だまって持ちだした金もわかってしまったな、と一瞬うしろめたい感情になった。

「あなた、以前から賭けごとをしていたの？」

「いや、はじめてだ」

「あたし、賭けごとはきらいよ。なぜだまっていたの。映画をみてきたなんて、そんな嘘はいやよ」

工藤はだまっていた。なにをどう話しても無駄なような気がした。

しばらくして千枝はおりて行った。工藤は、なにか女のいやな面をみた気がした。仙台の生家にいた頃、母がときたま見せたいやな面とどこかで似ていた。母がならべる不平不満を、父がだまってきいていた姿などがおもいかえされた。

三十分ほどすぎた頃、したで客が入ってきた気配がした。工藤はおりて行った。五人づれの若い男達だった。ビールとウイスキーの水割の注文があった。

工藤は氷を割り、水割をこしらえた。こしらえながら、バーテンが板についてきたと思った。はじめの頃はウイスキーをグラスにはかっていれていたのに、最近は目分量でぴたっと量がきまった。

森岡が入ってきたのは八時をまわった頃だった。

「昼間はありがとう。これ……」

森岡は日本酒を注文すると、借りた金をかえしてよこした。

「今日でなくともよかったんですのに」

工藤は、なつかしい仲間に再会した気がした。

「はやくけえしておいた方がいいんでな。いい店じゃないか」

森岡は、コップ酒を一杯だけのみ、またくるよ、と言いのこして帰って行った。

千枝が再び文句をいいだしたのは十二時に店をしめたときだった。藤井愛子は十一時にかえし、あとは二人でやるが、客がなければ十二時で閉めるときもあった。

「あなた、あの人とどこで知りあったの？」

千枝は森岡のことをきいた。

「公園で知りあったよ」

工藤は面倒くさそうに答えた。

「いつ？」

「数日前だったな」

「いかにも遊び人風な男ね。競輪にさそわれたのね」

「いや、連れていってくれと頼んだのだ」

「なぜ競輪をやる気になったの?」

「なぜって……理由はない。どこかに行きたくなったのだな、気持が」

「あたしとの生活がいやになってきたの?」

「そんなことではない」

説明のしようがなかった。考えていたより面倒な女だ、と工藤はあらためて千枝の顔をみた。

「あたしは籍もはいっていないんだし、あなたがどこかに行ってしまえば、あたしはそれっきりなのよ」

千枝がこんなことを言いだしたのは、すっかり店じまいして二階にあがったときだった。工藤はだまってきいていた。金の計算だと現実的になるのに、こんな話では飛躍してしまう女であった。新宿から逃げようと言いだしたのは女の方だった。逃げておいていまさら籍がどうのこうのはおかしいじゃないか、と言ってやりたいところだった。こうした結びつきには、たがいにどこかで我儘が出てくるのだろうか、と工藤は千枝との生活を振りかえってみた。店を持つとか引っこしをするとかの事になると動物的といってよい動きかたをする女が、愛情の問題になるとにわかに貧しくなるのは何故だろう……。新宿からこちらに越してきたとき、工藤のなかをよぎっていったのは、これで里子とはもう縁が切れてしまった、という思いだった。麴町の家を出てきていらい、どこかにかすかな後悔があった。千枝の肉に溺れてその後悔が見えなかっただけの事だった。現実を放棄して無目的な生活に飛びこんだときは、もうどうなってもよい、といった感情に陥り、一種の解放感を味わった。そして間もなく、なぜ俺はこうなってしまったのか、と自己反省がやってきた。雨の日に麴町の家にひっそり出かけたこともあった。思いが寸断されていた。千枝との生活が地についていない証拠だった。そのくせ日々の生活に安住していた。そんな自分の姿がみえるのであった。碑文谷公園で、子供をつれた主婦を見かけるたび、自分の子の克男が眼前をよぎっていった。

「ねえ、はっきり言ってちょうだいよ。あたしとの生活がいやになったの？」

千枝が蓖をつけてからきいた。

「どうしてそんなことを言うんだい。競輪に行ったくらいで、そんなことを言うのはおかしいじゃないか」

「でも、嘘をつかれるのはいやよ」

「息ぬきがしたかっただけだ」

「あたしといっしょでは息ぬきにならないの」

「そんなことではない。……新宿からここに移ってきたのは、よかったのかどうか。……女房の兄貴が現れたとき、これですべてがきまる、と僕は考えたのだ。逃げようと言われたとき、僕は同意してしまってこんな結果になったが、新宿にあのままいたら、離婚できたかもしれないのだ」

半分は本心で半分は嘘だった。千枝と結婚してどうなるのか、といった思いがいつもつきまとっていた。

「だって、あなたの奥さんが現れたら、あたしはなんにも言えないじゃないの」

「それはそうだ。でも、こうして逃げていたんでは、最後はどうなるんだろう」

「こうなったら、あたし、籍なんかどうだっていいのよ」

千枝は変にしずかな調子で言った。

どっちもどっちだ、と工藤は思った。千枝も自分もどこかで支離滅裂だった。ばらばらになった者がいっしょに暮しているだけだった。

「ねえ、競輪に行くのがいけないと言っているのではないのよ。あたし、あなたしかたよるところがないでしょう。だから、あなたがあたしにだまって独りでなにかやってしまうと、あたし、さびしいのよ。それをわかってちょうだいよ」

「無断で金を持ちだしたのはわるかった」

「そんなことではないのよ。あなたは退職金を入れてくれたのだし、おかねのことであたしとやかく言いたくはないわ。単独で動かないで欲しいの。わかってもらえるかしら」

「わかったよ」

工藤は面倒くさくなってきた。いまになって里子との日々があざやかにおもいかえされた。

「あたし、よけいなことを言ったかも知れないけど、わかってちょうだいよ」

あとはいつものことになった。新宿にいたときもよくこんな口論をした。口論のあとはいつも肉のふれあいだった。肉をふれあわせることで軸をごまかしていたのである。

あくる日の朝、工藤は九時に目がさめた。階下におりて行き、コーヒーを淹れた。新聞を読みながらコーヒーをのみ、それから外に出た。碑文谷公園に行った。森岡にあえるかもしれない……。かつて友人がいなかった工藤が、いまは友人を求めていた。しかし、あのガラス屋の親父には嘘がなかったな……。いまも工藤がときたまおもいかえすのは、里子の父の朝永弘資の顔だった。沈着冷静で余分なものは捨て去る、あのつめたさに俺はいつも劣等感をおぼえたが、里子にもそんな面があった、俺はあそこについて行けなかったから、こうなってしまったのだろうか……。

公園は閑散としていた。都会のなかでそこは嘘のように人の気配がなかった。朝だからだろう、午後はいつもここに人が来ていたのに、と工藤はベンチに掛けて莨をつけた。ガラス屋の親父に会えるかもしれなかったし、あえないかもしれなかった。それはどうでもよかった。あえるかもしれない、という希望めいた感情を抱いて出てきたのだから、あえなくともよかった。

街の喧噪《けんそう》がすぐ近くでしているのに、その喧噪がここに届くまでにはすこし距離がある感じだった。車の警笛の音だけがいやにはっきりきこえた。

莨を一本喫んでからたちあがった。この近くでガラス屋をやっていると言っていたが、近くといったら公園のちかくだろう……。工藤は公園から出ると銀行のグラウンド沿いに歩いた。公園の近くにはこのグラウンドとある私立大学のプールがあった。見つからなくともよかった。店が見つかったとしても、あの親父は今日は仕事にでかけているかもしれない……。

碑文谷のとなりの町は鷹番《たかばん》で、工藤はふたつの町をわけるさかいの道にでたとき、森岡ガラス店を見つけた。ガラス店とはこんなに飾りけのない店なのか、と思ったほど、なんの変哲もない構えの家だった。

森岡は図面をみながらガラスを切っていた。そばにアルミサッシがかなり重ねてたてかけてあり、それにあわせてガラスを切っているらしかった。

「こんにちは」

工藤は声をかけた。

「よう、あんたか。昨夜はわるかったな。奥さんのいる前で借りた金をだし、あとで、いけねえ、わるいことをしたな、と思ったよ。まあ、そこに掛けなよ」

森岡は手をやすめ、木製の粗末な椅子をさし示した。そして自分も椅子にかけ莨をつけると、奥さんから文句が出ただろう、と言った。

「いや、そんなことはありません」

「文句がでたのなら勘弁してくれ。しかし、美人の奥さんだな。俺の嬶なぞ、まいにちなんだかんだと言ってはうるさくてしようがねえ南瓜女《かぼちゃおんな》だよ」

二人のあいだには脚のついた灰皿がおいてあり、森岡は灰皿に喫みかけの莨をおくと、茶をいれよう、といって奥に入って行った。そこへ、表から買物籠をさげた中年の女がせかせかと入ってきた。

「いらっしゃい。あら、うちの人いないんですか」

女は奥にはいって行き、間もなく森岡が出てきた。

「森岡さん、いいですよ、お茶は。おいそがしいんですから」

「なに、お茶ぐらいいいじゃないか。いまあいつが淹れてくるよ。だけど、今日の四レースと五レースは面白えんだが、今日明日は一歩も店から出られねえんだ」

森岡は声をひそめた。四レースと五レースに穴が出るかもしれないという話だった。

「でも、仕事の方が大事じゃないですか」

「ちげえねえ。あんまりやすんでるとおまんまの食いあげになるからな」

工藤は茶をのんでから森岡ガラス店を出た。森岡に会ったら心がなごむだろうか、という考えがどこかにあったが、それは期待はずれだった。心のどこかで友人を求めていたことだけはたしかだった。自分が森岡の友人になれるかどうかはわからなかった。要するに相手になんの警戒も抱かないでつきあえる友人が欲しかったのだろうか……。工藤はそんな風に自分を考えてみた。昼間だというのに黄昏のなかを歩いているような気がした。千枝の肉がなぐさめになったのは新宿にいた頃だった。こちらに越してきてからは以前ほどではなかった。男にとって女の肉が拠りどころになるはずがないだろう……。すこし以前から工藤はそんなことを考えていた。千枝がいやになってきたということではなかったが、よろこびがなかった。

秋かけて

鎌倉駅から歩いて六、七分という場所なのに、この妙本寺の境内は閑静で人の姿がまばらだった。鎌倉に棲んでいるある小説家が、妙本寺の広い境内は、あそこにはなにもなくて人がいないのがいい、とどこかに書いていたのを坂西浩平は憶えていたが、事実その通りの境内だった。山ふところの境内ではもう落葉がはじまっていた。

坂西は本堂のきざはしに掛けて莨《たばこ》をつけた。しかし、本当になにもない寺だな、と坂西は境内を眺め、左右の山を眺めあげ、しかしここはまちがいなく寺だ、と思った。拝観料とかいってわけのわからない金をとるわけでもなく、人々が自由に出はいりできる境内だった。きざはしから眺めて庭の左の方に海棠《かいどう》の木があり、点々と赤い花が咲いていた。山ふところであたたかいので狂い咲きしたのだろう。坂西が海棠の狂い花を眺めていたとき、山門の方で白いものがひるがえった。里子だった。おや、今日は白っぽい着物をきている、と坂西がみていたら、里子は左足をちょっとひねるようにしてあげて山門のなかに踏みいれ、つづいて右足をやはりひねるようにあげ、なかに入ってきた。山門の敷居が高いからであった。褐色にくすんで行く十月の風景のなかで、水を点じたように白い着物があざやかだった。

「お待ちになられたのでしょうか」

里子は上気した顔で坂西の前にくるとハンカチで額の汗を抑えた。

「ああ、だいぶ待ったね」

「あら、本当でしょうか」

「まあ、いい。掛けなさい」

坂西はハンカチをきざはしにひろげてやった。

「結城とはちがうようだね」

「この紬《つむぎ》ですか。越後だとか呉服屋さんは言っていました」

白地にこまかい黒い蚊飛白《かがすり》で、横模様に藍と朱と褐色をいずれも暈《ぼか》していれてあった。

「渋さのなかにはなやかさがある。いい着物だ」

「なにもなくて人のいない寺とはここだったのですか」

「きたことがないのか」

「ずいぶん昔にいちどまいったことがあります」

「その芥子《からし》色の無地の帯もいいね」

「さっきから着物ばかりほめていらっしゃるのですか」

「不満かね。着る人がわるければ着物はひきたたないものだ。しかし、いい女だ」

「最後のひとことは余分だと思いますわ」

「だいぶほめてきたから、そろそろ省いてもよいというわけか」

「あら、そんなことを……。わたし、自分を、いい女だなどと思ったことはいちどもありません」

「名越《なごえ》に、苔《こけ》を育てている寺があるときいているが、知っているかな」

坂西がきいた。

「苔を育てているお寺さん……。いいえ、存じません」

「妙法寺とかいっていたな。そこへ行ってみよう。それからおそい昼めしを食いに行こう」

坂西はたちあがった。

山門を出て杉木立にかこまれた坂道をおりて行くと、もうひとつ山門がある。この山門を出て夷堂橋《えびすどうばし》の方に行かずに左におれた細い道をとった。しばらく歩くと左側に常栄寺がある。八雲神社の前をぬけると間もなく大通りで、そこを左に折れてしばらく行くと、左側に別願寺、安養院《あんよういん》、右側に上行寺《じょうぎょうじ》がある。いつのとしだったか、躑躅《つつじ》の花ざかりの頃安養院の前を通り、そのはなやかさに心がはずんだことがあったのを里子はおもいだした。それはまだ女の苦しみを知る前だった。

名越の四つかどの交番のわきを入ったら、つきあたりの安国論寺が見えた。安国論寺の前を左にまがり、やがて右に折れたところに妙法寺があった。

境内に入ったら、禅寺めいて石がところどころにおいてあり、正面が本堂で、左に庫裡《くり》、右の方には柵を設けてそこから中の庭には入れないようにしてあった。この庭をみたい者は庫裡に申しでろ、というようなことを書いた札がかけてあった。

「なんだかインチキくさい寺だな」

と坂西が言った。

「なにがでしょうか」

「ここは日蓮宗なのに、禅寺くさい庭をつくってある。しかし、ちゃんとした庭になっていないから、インチキ臭いんだな。とにかく庫裡に行ってみよう」

坂西は庫裡に歩いて行き、粗末な造りのガラス戸をあけ、奥の庭を拝見したいのですが、と声をかけた。するとと高校生くらいの女の子が顔をだし、

「この注意書をよく読んでください」

とひどく横柄な調子で言った。

みると、壁に、庭を汚すなとかの注意書の紙がはりつけてあった。

「はい、わかりました。拝観料はおいくらでしょうか」

すると、こんどは中年の女が顔をだし、

「注意書をちゃんと読んでください」

と高圧的な調子で言った。

「読みましたよ」

と坂西が答えたら、

「うちではどんな人でも、注意書をちゃんと読まない人には見せられません」

と中年女が言った。

坂西は、これはまたひどい寺だな、と不愉快になり、出しかけた財布をもどし、外に出てきた。

「ずいぶん威張っている寺ですのね」

里子もうしろできいていてびっくりした。

「あの南瓜《かぼちゃ》のような中年女は使用人だろうか、それともだいこくだろうか。僧侶の妻というのは教養があるものだが。しかし、不愉快な寺だ」

坂西は吐き捨てるように言った。

「相手になさらない方がよいと思います」

里子も、ついさっきの坂西と中年女のやりとりをおもいかえし、やはり不愉快になってきた。

「金をとって庭をみせるのに、何故あんなに威張るのだろう。どんな住職だか知らないが、志の低い男なんだろうな」

「父の話では、いまの僧侶は金儲けに夢中になって仏法を勉強しない人が多いそうですわ」

「朝永さん、そんなことをおっしゃっているのか。それは事実だ。三年ほど前のことだったが、醍醐《だいご》寺の三宝院を訪ねたとき、料金をはらってなかに入り、庭園の方に出る廊下をまちがえ、裏の方に行ってしまったことがあった。そうしたら、八畳ほどの広さの部屋で、僧侶が四人輪になって金を勘定しているのにぶつかってしまった。あれにはびっくりしたな。前日あがった拝観料を数えていたのだな。それいらい、金をとる寺には、よほどのことでもないかぎり、もう行かなくなったよ」

小春日和のなかを、来たときとは別の道をとって名越四つかどに出た。道のかどかどで木犀《もくせい》が匂っていた。家々の庭をのぞいても、木犀がどこにあるのか見えないのに、匂だけがどこからともなく流れてきていた。乾いた道に陽がさし、白っぽく光っていた。このとき里子の裡《うち》を痴呆になったような幸福感がよぎっていった。四つかどまでの短い道程で、里子はながい時間を感じた。いつまでもこの時間に浸《つか》っていたい……。周囲のすべてのものから切断された時間だった。

バスに乗って鎌倉駅前に出た。

坂西は駅前の観光案内所に行き、妙法寺にはどんな苔があるのですか、ときいた。里子はうしろできいていて、寺側の横柄な態度がよほど腹にすえかねたのだろう、と思った。

「石の階段にはえているんですが、たいしたものじゃありません」

と中年の男が答えていた。

「しかし、ひどい寺だ」

「お客さん、あの寺に行かれたのですか?」

「横柄な女が二人いてね……」

「評判がよくないんです、あそこは。なんであんなに横柄なのか、こちらにはさっぱりわからないので、若い人達に場所をきかれても、きちんとした庭園があるわけではなし、石段に苔がある程度だから、と説明してやるだけです。観光客からよく苦情がきます」

「あんなに尊大なのは、なにか理由があるのかな。たとえば、心が卑しいから、その劣等感の裏がえしに威張るとか……」

「さあ、そこのところはよくわかりませんが、ろくでもない石段の苔を金をとって見せながら威張っているのは事実です。鎌倉には京都の寺院の庭のような庭はひとつもありません。苔を育ててそれを金をとってみせるのは一種の詐欺じゃないか、という苦情もありますが、こちらでは注意のしようがありません」

中年の男はまるで自分が悪いかのように弁解していた。

「お気がすんだのでしょうか」

観光案内所からはなれたとき里子がわらいながらきいた。

「大人気ないとは思ったが、あんまりひどい寺だったのでね。さて、めしを食いに行こうか」

坂西はタクシー乗場に歩いて行った。里子がついて行ったら、湯本まで行ってくれるか、と坂西が運転手にきいていた。行くというので二人はタクシーに乗った。

「湯本の奥に山水庵《さんすいあん》という小さな宿がある。そこに、おそい昼めしを食いに行くと電話をしてある」

と坂西は言った。

海岸道路はそれほど混んでいなかった。大磯をすぎて有料道路に入ったら、そこはずいぶん空いていた。午後の陽ざしに湘南の海が光っており、遠く大島がみえた。里子には海が傾いているように見えた。いまの自分の感情に照応しているからだろう……。兄から、夫が女といっしょに新宿の店をゆずって逃げた、ときいたとき、これで夫とは話しあう機会は消えてしまった、と思いながら、心のどこかでほっとした。そして、ほっとした自分にびっくりしたが、仕方のないことだ、と自分に言いきかせた。でも、なぜ逃げなければならないのか。里子にはそれがわからなかった。

有料道路に入ってから湯本まではすぐだった。箱根の山には秋が闌《た》け、里子は感情が染まってくるのをおぼえた。

宿につき、川に沿った離れ屋に通された。

「混んでいたらわるいと思ったが」

案内してくれた女将に坂西が言った。

「いえ、御存知のようにうちでは知りあいの方だけがいらっしゃいますから、土曜日曜をのぞきますと空いております」

「このひとは僕の恋人だ。これからちょくちょくここを使わせてもらうよ」

「どうぞどうぞ」

女将は、ただいま茶をもってまいりますから、と言いおいて出て行った。

「御家族をここにお連れしたことはございませんの」

里子がきいた。

「ない。ここに女をつれてきたこともない」

川の向うは急斜面の山だった。楓、七竈《ななかまど》、黄櫨《はぜ》、白膠木《ぬるで》、錦木《にしきぎ》が、朱と黄の絵具を散らしたようにひろがっていた。

「ホテルでは誰にも顔をみられないからいいですが、ここだと、恥ずかしいですわ」

「ホテルばかりだと味気ないだろうと思ってね」

京都から戻ってきて二人はその後二度東京のホテルで逢っていた。二度とも、旅先とはちがい里子は大胆になれなかった。坂西はそんな里子をほぐすようにしていった。

「紅葉がきれいすぎますわ」

「そうかね。紅葉を背景にいびつな白磁をおいてみると、僕にはいい眺めだ」

坂西は真顔で言った。

やがて酒と食事が運ばれてきた。

「ま、おひとつ、どうぞ」

と女将が銚子をもちあげたとき、琴の音がきこえてきた。

「琴か。……あれは〈夏の曲〉だな」

坂西は盃《さかずき》をほしてから言った。

「娘ですよ。亭主に死なれて戻ってきましてね」

「死なれたって……菊ちゃんがかい？」

「ええ、去年の夏、交通事故で死なれ、この夏のおわりに戻ってきたのです」

「そりゃ知らなかったな。かわいそうなことだ。去年の夏といったら、菊ちゃんはたしか去年の春結婚したんだろう？」

「そうでございますよ」

「気の毒に。……夏山にこひしき人やいりにけんこゑふりたててなくほと、ぎす……」

坂西が琴にあわせてくちずさんだ。

「あら、琴をおやりになっていらっしゃるんですか」

女将が坂西の盃に酒をつぎたしながらきいた。

「なに、むかしちょっとやっただけだ。しかし、菊ちゃん、かわいそうだな。よかったらここによんでくれないか。琴にあわせて一曲うたい、菊ちゃんをなぐさめてやりたいな」

「そうでございますか。本人もよろこぶでしょう。では、ちょっとお待ちくださいませ」

女将は席をたっていった。

「生田流をおやりになられたのですか」

里子は坂西の盃に酒をつぎながらきいた。

「里ちゃんも生田流か」

「はい。もう何年も弾いておりません。弾くよりうたう方が難しいのに……」

「なに、古今集が好きで、なんとなくおぼえてしまっただけさ。たしか、こんな古今集の歌も〈夏の曲〉にとりいれてあったたな。夏と秋と行きかふそらのかよひぢはかたへすゞしき風やふくらん。いやだね、今日は酔いそうだ。里ちゃん、時間は大丈夫か」

「はい、わたしはかまいません。でも古今集をよくおぼえていらっしゃること」

「こんな一面をみせるのは、実をいうと恥ずかしいんだ。里ちゃんの前ならいいだろう。文学をやりたかったんだ。それが紙屋になってしまった。もっとも、同じ文学部を出て文学をやっている者は数人しかいない。ビルを経営している奴もいるし、機械会社の社長、料亭の経営者、とまあおよそ文学とは縁のない仕事をしている者が多い。しかし、みんな文学に郷愁を感じているんだな。いや、こんな話はよそう」

廊下に足音がしてきたとき坂西は話をうちきった。

女将のうしろに琴を抱えた二人の女がついて入ってきた。一人は女中で、柑子《こうじ》色の綸子《りんず》小紋で身つくろっている方が菊ちゃんだろう、と里子はみた。翳《かげ》のある顔が里子には切実だった。ああ、この若さで……。二十二、三歳だろう、と里子は琴を運びいれている娘のものごしを眺めた。

「お久しぶりでございます」

娘は琴を部屋に運びいれてから坂西に三つ指をついた。親指、ひとさし指、中指のつきかたと挙措が正確だった。まだ女になりきらない固い感じがのこっており、それが里子には哀れに思えた。

「お母さんからきいたよ。どんな言葉をかけられてもなぐさめにはならんだろうが、菊ちゃん、元気をだすんだな」

「ありがとうございます。いまでも夢のような気がするのです」

「どうだろう。里ちゃん、一曲弾かんかね。僕がうたうから。そして菊ちゃんをなぐさめてやろう」

坂西は里子の方をみた。

「あら、わたしが……」

里子はあわてた。

「いいだろう。〈ほととぎす〉はどうだろう」

「もう、ずいぶん弾いていないので、弾けるかどうかわかりませんのに」

「おねがいしますわ」

菊ちゃんが言った。

「譜がございますかしら」

「はい、こちらに」

菊ちゃんが風呂敷包から楽譜をとりだした。

里子は琴の前に移り、十三弦の柱《じ》の置きを変え糸を調べてみた。

「どうだね」

坂西がきいた。

「なんとか弾けそうですわ」

里子はしばらく譜を目で追っていたが、大丈夫だ、と思った。

やがて袖がひるがえり、調べが流れた。坂西が低い声でうたった。

わがやどの池の藤なみさきにけり
山郭公《やまほとゝぎす》いつかきなかむ

こぞの夏なきふるしてし郭公
それかあらぬかこゑのかはらぬ

前歌が終って調べは手事《てごと》にはいった。この曲は箏曲《そうきょく》のなかでも調べが高く、里子は、坂西が弾いてくれと言ったのがわかる気がした。

後歌は、

いまさらに山へかへるなほと、ぎす
こゑのかぎりは我やどになけ

となり、いずれも古今集の歌だった。

「ありがとうございました。どうぞ、いっぱい」

女将が銚子を持ちあげ坂西に礼をのべた。

「こんどは菊ちゃんが弾いてくれるか」

坂西は盃をあけて女将にかえしながらきいた。

「はい」

里子が席に戻り、菊ちゃんが柱を並べかえ、〈夏の曲〉を弾きだした。

いそのかみふるきみやこの郭公
こゑばかりこそむかしなりけれ

調べと歌が秋の風に行き交い、高い空にぬけていった。

やがて食事がすみ、膳がさげられた。

「里ちゃんはこの離れの内湯にはいりなさい。僕は向うの大風呂に行ってくるから」

坂西は茶をのんでから浴衣にかえ、上から縕袍《どてら》を着こみ、タオルを持ってたちあがった。

「あら、こちらでおはいりになればよろしいのに」

「いやね、大風呂からの眺めがいいんだ」

坂西が出たあと、里子は鏡に顔を映してみた。それほど酒はのんでいないのにいい色だった。鏡に山の斜面の紅葉が燃えていた。山と鏡のあいだには広いガラス窓があるのに、色があざやかすぎた。

内湯は湯が豊富だった。あけはなしてある窓から舞いこんできたのだろう、紅葉した葉が二枚、湯槽《ゆぶね》に浮いていた。一枚は楓で一枚は錦木の葉だった。錦木は鎌倉でも潮風があたらない場所ではきれいに染まったが、里子の生家の庭ではまだ色づく前だった。二枚の葉は、湯が流れでる湯槽の縁にとまっていた。里子は葉が落ちないように葉を手で押えて湯槽に軀《からだ》を沈めた。

やがて葉は里子の軀にまつわりついたり離れたりした。そして錦木の葉は、二つの乳房のあいだの窪みに入りこみ、そこから出られなくなった。

「かわいそうに。ここにつかまってしまったのね。さあ、湯槽のなかを泳ぎなさい」

里子は手で葉をはなしてやった。

浴室から見える山の斜面も朱に染まっており、麓《ふもと》の方はすっかり影になっていたが、上の方は西陽に照らされていた。

浴室からあがったら奥の間に床がのべてあった。障子は閉めてあったがあかるすぎた。ホテルのようにカーテンがあるわけではなく、雨戸を閉めないかぎりこのあかるさはどうしようもなかった。

のどが渇き、水差から水をついでのんでいたとき坂西がもどってきた。

「いい湯だったか」

「はい。湯槽に紅葉が浮いていました」

「それはまた風流な。軀が染まってしまわなかったかね」

「染まってしまったかもしれません」

「白磁が紅葉で染まったらみごとだろうね。大風呂に行くんではなかったな」

こうしたかまわれかたはたのしかった。四十四歳の坂西の横顔にはすでに渋さが出ており、里子は、その渋さに男の色気を感じていた。情感が激してくるとその渋さに吸いこまれて行きそうになることがあった。

「もう一本酒をもらおうか」

「とりよせますわ。一本でよろしいんでしょうか」

「二本にしておこう」

里子は電話で酒を二本たのんだ。

「あの紅葉が燃えつくす頃にもういちどここに来てみたいね」

坂西はガラス窓ごしに山の斜面を眺めあげた。

「おひとりで……」

「さあ、どうしようか。これまでこの宿にはいつもひとりで来ていた。しかし、これからは、いびつな白磁をともなってこなければなるまい」

坂西はわらっていた。

「おともさせてください」

このとき廊下に足音がし、女中が酒を運んできたらしく、ごめんください、と声がかかった。

里子は緼袍姿を見られるのが恥ずかしく、つと起って奥の間にひっこんだ。

女中がさがってから里子が出て行ったら、坂西は酒をつぎながら、恥ずかしいのか、ときいた。

「昼間からこんな縕袍姿は恥ずかしいですわ」

「日本人は男でも女でも昼間から縕袍姿で温泉まちを歩いているな」

「その人達は、神経がどうかなってしまったのでしょうか」

「いや、彼等はみんな正常なんだ。だから始末におえない。いっぱいいきますか」

「はい、いっぱいだけ」

里子は盃をとりあげた。

坂西は酒をのんでいるうちに、やがて低い声で歌をくちずさんだ。

山里に契りし庵《いほ》や荒れぬらん
待たれんとだにおもはざりしを

いまこんと契りしことは夢ながら
みしよににたる有明の月

「ああ、いい気持だ。ことしの秋をこうやって送ろうとは思わなかった」

「やはり古今集でございますか。筝曲にそんな歌はございませんでしょう」

「これは新古今だ。山里に契りし庵や……いまの僕には実にいい言葉だ」

里子は坂西の言葉をきいているうちに顔があかくなってくるのをおぼえた。契るとはなんと古くそしてなんと新しい表現だろう、と思った。

坂西は酒をのみおえると奥の間にはいったが、里子は迷った。あかるい部屋で軀をひらくことが出来るだろうか……。

「あかるすぎるんだな」

向うの部屋から坂西が声をかけてきた。

「はい……」

「仕方がないよ。まさか雨戸を閉めるわけにはいくまい。観念しなさい」

「では、しばらくお待ちください」

里子は銚子にすこし残っている酒を盃に充たした。二杯はあった。それをのみほし、こぶしで胸をとんとんと叩き、水をのんだ。

それから静かにたちあがるととなりの部屋の襖《ふすま》をあけた。障子が閉まっているので沈んだあかるさだったが、あかるいことにかわりはなかった。裾の方で縕袍をぬいだ。蒲団は二つのべてあった。里子はためらったが、思いきって坂西の蒲団にすべりこむと目を閉じた。

「もうこれまでとあきらめることですな」

そしてしばらくして浴衣の裾が割られるのを感じながら、里子は、ああ、と声をだした。

山は二度訪れてくるときもあれば三度のときもあった。その山を経験するたびに、生の本能と死の本能が並行しているのははじめからかわらなかった。山は調節できるものだ、とこの前ホテルで逢ったとき坂西は言った。女が自分の山をどうやって調節するか、それによって男も自分を調節する、とも言った。坂西がホテルでこのように言ったのは事後だった。そのとき里子は坂西の言っていることがわかった。

流れの音がきこえた。あちこちから水の音がきこえてくる離れ家だった。その流れの音をきいていたときに最初の山がきた。里子は男の背中に両腕をまわし、男のすべてを自分のものにしようとした。

「すこしいびつな個所をいつまでも残しておいてくれよ」

と男が上から言った。

「どこがいびつなのか、自分ではわからないんです」

里子は答えながら目があけられなかった。男の量感が女の軀を押えていたが重いとは感じなかった。貫かれているからだろう……。しかし量感がありながら重いと感じないのはどうしてだろう……。かつて夫とのあいだでは、量感がないのに重かった。里子はうっすらと目をあけた。

「はじめて目をあけたね。そのうちに大きく目をあけるようになるよ」

「そんなに女をご存じなんでしょうか」

里子は目を閉じた。

「いや、知らないな。なにしろいそがしいもので。いびつだが均衡がとれている白磁はめったにあるものではない」

里子は男の言葉をききながら流れにまかせていた。貫かれているだけで二度目の山がきた。ああ、と声をたてた。川の流れと女の流れがひとつになり、どこまでも流れていった。乳房に紅葉がまつわりつき、いっしょに流れていった。これでは軀が染まってしまう、どうしましょう……。

二度目の山を越え、流れにまかせているうちに、男が流れに合わせてきた。ああ、これでは死んでしまう、と男の背中にまわした両腕にちからをこめたとき、大きな山がやってきた。里子は腕をとき、無意識のうちに左手の指を嚙《か》んでいた。明るさのなかで声がもれるのを恥じたのだろうか……坂西はいびつになった女を上からみおろし、これは紛れもない白磁だ、と響いてくるものを感じた。

里子は流れにまかせていた。近江の里坊の流れなのか、湯本の流れなのか、場所はさだかでなかったが、乳房に紅葉をまつわらせたまま、どこまでも流れて行った。夏と秋と行きかふそらのかよひぢはかたへすゞしき風やふくらん……。坂西が渋い声でうたっているのがきこえた。川の土手の上でうたっているらしかった。あなた、この流れをとめてください、と里子はさけんだが、声にはならなかった。

山水庵を出てきたのは七時ちかかった。

小田原まで車で行き、坂西は小田急に、里子は湘南電車に乗った。

湘南電車はすいていた。国府津《こうづ》で急行列車の通過のため六分停車した。窓をあけたら海の音がきこえてきた。国道で自動車の走り去る音がひとしきりし、その合間をぬって海の音がした。夜が冷えて行くのがわかった。

やがて発車のベルがなり、里子は窓を閉めた。二宮をすぎる頃、里子は、秋かけて染まって行く自分を視た。染まるだけ染まるよりほかに方法がないだろう……。新宿の店をたたんで逃げたという夫を考えると、夫もあわれだったし自分もあわれだった。夫といっしょにいる女もあわれだった。坂西によって充足を得ているから夫があわれに思えるのか、もしそうだったとしたら自分の思いあがりだろう、そういうことではない、人の世の不確かさがあわれなのだ……。

大船で横須賀線に乗りかえ、家についたら、兄の弘一はまだ帰っておらず、家の者は茶の間でテレビをみていた。里子は、食事はすませてきた、と幸江にことわり、自分の部屋に入った。坂西と逢ってきた日は家族と顔をあわせるのがなんとなくいやだった。自分の恥部をみられている気がするからだった。

帯を解いていたとき、

「きょう、幼稚園の帰りにねえ……」

と克男が言いながら入ってきた。

「帰りになにがあったの？」

男とすごしてきた日は子供から声をかけられるといつも響いてくるものがあった。子供を裏切っているわけではないのに、かすかな痛みがあった。

「帰りにねえ……」

「帰りになにがあったの？」

「帰りにねえ、隆《りゅう》ちゃんといっしょだったの」

「それで、どうしたの？」

「隆ちゃんがねえ、おまえのおやじはどこにいるのかって」

「隆ちゃんがそう言ったの？」

兄の子の隆太郎が克男になにか言ったのだろうか……。

「それで克男くんはなんと答えたの？」

「外国に行っていると言ったの。そしたらねえ、隆ちゃんが、おまえのおやじは女の人と逃げたんだって」

兄が牧子と話しているのを隆太郎がきいてしまったのだろう。里子はいやな気持になった。幼い隆太郎を責める気はなかった。兄夫婦の不用意さに腹をたてる気もなかった。

「克男くん、それは嘘ですよ。隆ちゃんは克男くんをからかっただけなのよ」

明日にでも牧子と話しあわねばならなかった。こうした話は切りだしかたが難しかった。いっそのこと母に話してみようか……。

弘資と明子夫妻は寝室にはいってから、里子が帰宅してみんなのいる部屋に顔をだしたきり自分の部屋に引きこもってしまった理由について話しあった。

「あの子、この頃すこしおかしいとはお思いになりませんか」

明子は寝巻に着がえてから鏡の前にすわり、顔を映してみながら言った。

「なにがおかしいのかね」

弘資は蒲団に寝そべって莨を喫みながらききかえした。女は何歳になったら鏡からはなれるのだろうか……。日にいくども鏡に自分を映している女が、弘資にはときに不思議に見えることがあった。桑田千代子がそうだった。家ではみてみないふりをしているが、里子も嫁の牧子も、幸江もそうだった。とにかくよく鏡に向っていた。

「男ができたのとちがうのでしょうか」

「男か。ありうることだな」

「あなた、のんきねえ」

「なにがだ」

「ご自分の娘に男がついたかもしれないのに、ありうることだ、なんてのんきに構えていらっしゃるの」

「出来たとしても仕方のないことではないか。嫁いり前の娘とちがうからね。なんだ、そんな節《ふし》がみえるのか」

「今日など、いそいそと出かけたのですよ。そしたらこんな時間に戻ってきたでしょう。あの顔は、悩みを抱いている顔ではなく、なにかに充ちたりた顔ですよ」

「なんだ、娘に妬《や》いているのか」

「なにをおっしゃっているのですよ。性《たち》のわるい男がついたのではないかと心配しているのですよ」

「男の見わけぐらいはつくだろう。私はまったく心配していないよ。これから女のさかりになるというとしに亭主に逃げられてしまった。哀れじゃないか」

「わたしもそう思いますが、もし男がいたとしても、そのままにしておいて大丈夫でしょうか」

「大丈夫だろう。なんにしても不幸な娘だ。なぐさめがあるものなら、そっとしておいてやった方がよい」

「それはそうと明日あたり、箱根の家に紅葉を褒めにまいりませんか」

「明日はだめだ。午後から大阪に行く。牧子は子供がいるからだめだろうが、幸江をつれて行けばよいではないか」

弘資の大阪行は一週間前からきまっていた。大阪の支店がすこし大きくなったので、その披露パーティが明後日の午後三時からあり、弘資は一日はやめに行き、京都で千代子と落ちあうことになっていた。

「それじゃ箱根は来週にしましょうか」

「来週なら時間がとれるだろう」

いそがしいことだ、と弘資は内心苦笑した。女というのは、そばに男がいていっしょに見物してやらないと気のすまない動物だ、と弘資は以前から考えていた。

坂西浩平は、里子と湯本ですごしたあくる日、紙業会社の社長の昼食会があり、築地の料亭の良兆にでかけた。坂西はこの日、亀甲飛白《きっこうがすり》の結城の着ながしだった。勤めに出るのにみんなが洋服を着るのは、坂西の考えによると、明治時代にヨーロッパかぶれした官僚がつくりあげた習慣だった。もちろん着ながしで会社に出るのは坂西の趣味の問題であり、彼が李朝白磁や高麗《こうらい》青磁を愛しているのと同じかたちだった。着物をきて出勤して社長として別に仕事にさしさわりがあるわけではなかった。

紙業会社にもいろいろあり、坂西紙業は純粋に紙だけを売っていたが、段ボール箱をこしらえている会社、建築用の新建材をつくっている会社、会社の事務用品をこしらえている会社とさまざまだった。坂西紙業は資本金八千万円で中企業だった。

昼食会は十二時半からだったが、坂西が良兆についたのは十二時十五分前だった。

「はやいお越しで」

女将が出迎えてくれた。

部屋に通され、茶がでた。

「昼食会には久しぶりのご出席でしょう」

「ああ、僕は成績がわるいな。ここにはたしか朝永商店の社長もお見えになっていたね」

「ええ、よくお見えになります。おくちのわるい方で、おまえの店は湯葉がうまい、とまるで湯葉だけが取柄のようなことをおっしゃるのですよ」

「そう言いながらも、うまいから通っているのさ。この店の料理はどうやら食えるな、と言われたら、それはほめられていることだ」

「そうでしょうか」

「ほめるのは照れくさいじゃないか」

「朝永さん、この七月だったかしら、おひとりでいらして、これから二十九歳の女がくる、逢いびきだ、とおっしゃるので、ほんとに逢いびきかと思っていましたら、お嬢さんでした。あとできいたことですが、きれいな方なのに、御主人がお家を出て行かれて行方がわからないとか……」

「それは気の毒なはなしだな。ときに、さきに一本つけてくれないか」

坂西としたらこんなことしか言えなかった。

女将が出ていってから、坂西は前日の里子をおもいかえした。京都から戻ってきてからは、里子は逢うたびに女になっていっていた。中年男が若い女の肉を貪《むさぼ》る、といった意識は坂西にはなかった。若い女なら二十二、三の女がいくらでもいた。そういうことではなかった。八月のはじめ、田園調布の奇瑋堂支店で里子を見出したとき、なにか翳があるが、まるで水を点じたようなその挙措に、これは、と思った。そしてあくる日に永明寺で偶然に再会したとき、坂西は自分の目の慥《たし》かさを信じた。美しいものにたいする熾烈《しれつ》な欲求は久しぶりのことだった。里子に関するかぎり坂西は純粋感情をそこにそそいでいた。白磁と青磁をいじりはじめてからすでに久しかったが、美的体験が成立する場所として焼物には感情移入が容易だった。里子がこれと同じで、里子に自分の感情を容易に移入でき、そして相手の反応がこれほどたしかな女もはじめてだった。坂西は里子をいびつな白磁と表現したが、里子の顔はまったく、良く出来た能面と同じだった。左右の目がほんのすこし大きさがちがっており、眉のはえぐあいも左右でかすかにちがっていた。こうしたちがいは里子の軀のいたるところにみられた。それでいて全体として眺めると均衡がとれていた。

酒が運ばれてきた。そして女将を相手に酒をのんでいるうちに、昼食会の連中があつまってきた。社長といってもいろいろだった。坂西はだいたい同業の社長連中とはあまりつきあいがなかった。会社に出ても、よぶんなつきあいにはいっさい顔をださず、そんなひまがあれば骨董屋めぐりをした。塵裡《じんり》に閑を偸《ぬす》むのが坂西の日常だった。その意味では坂西は事業家ではなかった。紙に関連した事業ならなんでも手がける会社がいくつかあった。あそこまでやる必要があるのか、と話をきくたびに坂西はにがにがしい気持になった。儲ければよいというものではなかった。坂西は、会社であがった利益は最大限まで社員に還元していた。たとえば、社員のために各地に保養所をつくるようなことを坂西はしなかった。人にはそれぞれの商売があった。箱根や熱海に保養所を建てれば、それだけその地の旅館がなりたたなくなるはずだった。保養所を建てる金があったら社員に還元し、めいめい勝手に保養に行くようにさせた。ひどい世のなかになったものだ、と坂西はときたま考えることがあった。八百屋が肉を売り、商事会社が米を買いしめる時代が健全であるはずがない、と坂西は考えていた。米を買いしめていた商事会社は、そんな事実はない、と否定していたが、はっきり事実が表立ったとき、余った金で米を買いしめてなにがわるい、と居なおったことがあった。坂西は新聞でこれを読んだとき、末世だ、と思った。竟《つい》に日本人もここまで落ちてしまったのか……。余った金で米を買いしめてなにがわるい、と居なおった人達の倫理観の欠如を指摘してもはじまらなかった。

塵裡に閑を偸む坂西の生活信条は終始かわらなかった。李朝の白磁や高麗青磁は、坂西にとっては単なる飾りものではなく、日常の使用品だった。美が日常の生活に溶けこんでいたのである。使っているうちに毀《こわ》れても文句は言わなかった。

昼食会から出てきた坂西は、ぶらぶら歩いて日本橋の会社に戻った。金儲けに生甲斐を見出している社長連中はいそがしかったが、坂西はいそがしくなかった。田園調布に行ってみようか……。社長室に入って一服したとき、前日の里子のなま身の美しさがおもいかえされた。

今日はもう戻らないよ、と秘書に言いおいて会社を出た坂西は、タクシーをひろい、田園調布に出かけた。将来はどうなるかわからなかったが、現在の坂西に里子は尽きることのない慰めだった。永明寺の大石慈山老師から、この人は亭主に逃げられてな、と言われたとき、この女を発見できなかった男の不幸を思った。

ビルのすこし手前で車からおり、ゆっくり歩いて奇瑋堂に行ったら、李朝の壺に竜胆《りんどう》が一枝いけてあり、かたわらの椅子では里子が本を読んでいた。

「あら！」

里子は本を閉じてたちあがった。

「かまわんかな」

「はい、どうぞ」

里子は椅子をすすめ、奥に行って魔法壜の湯をつかって茶を淹れた。昨日の今日で時間が経っていないせいか顔があからんできた。くまなく軀を視られた恥ずかしさが残っていた。

「突然のおこしで……」

困りますわ、とあとの言葉は省いた。坂西の前に茶をおき、目の遣《や》り場にこまった。

「こうして逢ってしまうと、昨日の今日だというのに、別れがたい。おかしなことだ。そう思わないかね」

「おかしいとは思いませんわ」

前日のことが残り火のように里子のなかでまだあたたかさを保っていた。

「今日は紙屋の社長の昼食会があった。父上と良兆に行ったそうだね」

「あら、良兆でお昼を召しあがったのですか」

「女将から里ちゃんのことをきいた。きれいな人だ、と言っていた」

「いやですわ、そんなことを本人の前で。顔があかくなるではありませんか」

「あとすこしで十一月だな。どこかへ泊りがけで紅葉を観に行こうか」

「はい、いっしょさせてください」

「どこがいいかな」

「わたしはどこでもいいんです」

「考えておこう。じゃあ、これでいとまするよ」

「あら、もうお帰りになるんですか」

「まさかここでいびつな白磁を抱くわけにもいくまい。金曜日に連絡するよ」

坂西はたちあがった。

奇瑋堂を出てしばらく歩きタクシーをつかまえた。

あれはやはり水を点じたような風姿だ、どこへ紅葉を観に行こうか……。坂西は、里子に没頭しそうになっている自分を視た。いや、すでに没頭しているのだろう、そうでなかったら、昨日の今日だというのに、こうして女に逢いにくるはずがない、しかし、俺はどうかしているわけではない、対象がたしかすぎるのだ……。

出来たら今日の夜は里子とすごしたかったが、それを抑えて奇瑋堂を出てきたのだった。金曜日は明後日だった。明後日まで逢わずにおれるだろうか……。

坂西が出ていったあと、里子はしばらく夢と現《うつつ》のあいだにいた。男が風のように去ってしまったことで、前日の逢瀬《おうせ》の揺りかえしが訪れてきたような情態だった。揺りかえしがそこはかとなく胸にひびいてきた。ああ、これでは困ってしまう、もうすこしいらしてくだされば よいのに……。里子はしばらくのあいだ惑乱していた。時間と空間がいっしょになり、落ちつき場を摑《つか》まえられない、といった情態だった。

やがて惑乱が去り、いつもの静かな時間にたちかえった。揺りかえしは遠くにきこえた。坂西は、かどかどが骨ばっている感じで、そうした感じが、里子の肉に突き刺さり、里子は里子で自分の肉のやわらかさを思い知らされる、そうした思いがいつまでも里子の裡に残っていた。麴町には京都から戻った日に行ったきりだった。かかわりが薄くなったということではなかった。しばらくは昔のおもいでから遠ざかっていたい。そんな思いがあった。秋のはじめ、夏物をしまいに行ったことがあった。仕立てなおした夏物をしまいながら、ここで生活することがまたあるだろうか、と思った。

六時に店を閉め帰路についた。

この時間の東横線の下りは勤め帰りの人で混んでいる。里子が田園調布駅のホームに入り、下りの電車を待っていたとき、上りの電車がつき、やがてその電車は発車した。里子は後になってこのときのことをおもいかえし、生きていることの不確かさにあらためて突きあたった思いになったことがあった。それは、何気なく上りの電車をみたとき、見覚えのある男の顔が窓の向うに見えたことだった。里子が立っているところから正面に男は立っていたが、男はあらぬ方を見ていた。ホームに売店があり、男は電車の窓ごしに売店の方をみていた。あれは夫ではないか、と思ったとき電車が発車したのである。ほんの数秒の出来事だった。里子はしばらくぼんやりしていた。下りの電車を一台やりすごし、つぎについた電車に乗った。つぎの上りで追いかけてつかまるものでもなかった。新宿から逃げてこの東横沿線に棲んでいるのだろうか……。窓ごしだからよくはわからなかったが、夫はなんとなくくたびれた顔をしていた。

帰宅した里子は、田園調布駅でのことを家の者には語らなかった。話したところで仕方のないことに思えた。父親のいない子を抱えてどうするつもりか、さきのことはなにひとつ見えなかったが、いまは坂西から離れられなかった。かりにいま夫が帰ってきたとしても、自分が元に戻れるかどうか、里子にはわからなかった。

そして里子は家の者に話さなかったかわりに、夜、床のなかで涙をながした。坂西とできてからは、夫がだんだん過去の人になって行くのをみた。それはどうしようもないことだった。

夕陽

記憶のなかに残っている一瞬の光景だった。それは光景というより風景に近かった。むかし仙台の大学に通っていた頃、こんな光景にであったことがあった。平塚競輪場の帰りに、田園調布駅で、向うのホームにいる着物姿の女がこっちをみているのに気づいたのは、電車が動きだしたときだった。工藤保之はこのとき、里子に似た女だな、と思った。過去に経験した特定の事物と同一の光景だったが、それが里子かどうか、工藤にははっきり判らなかった。仙台の大学に通っていたある日の暮方、工藤は学校の帰りのバスの中から、向うの歩道でバスを待っている人達のなかに、高等学校で同級だった女を見出した。女はこっちをみていた。似た顔だな、と思ったが、すぐこちらのバスが走りだしたので、その女だったかどうか工藤にははっきり判らなかった。

工藤のなかでこの仙台の記憶と田園調布駅での光景がだぶっていた。記憶の再認だろうか、と彼は平町に帰る道すがら考えた。田園調布駅のホームにいた女が里子だったのか、それとも仙台の高校時代の同級生だったのか、とにかく女だったことは事実だったが、相手がはっきり判らなかった。

家がちかくなるにつれ、工藤の足はとまりがちになった。今日で平塚競輪場に通いだして三日目だった。家を出るとき一万円だけ持ち、そのなかから往復の乗車券を買い、のこりは競輪で失ってきていた。千枝はだまっていた。

今日も、最後のレースが夕陽のなかでおこなわれ、すっかり金をはたいてしまったとき、工藤は競輪場の片側を染めている夕陽の照りかえしに自分を視たのであった。持金をふやして帰ってきたことはいちどもなかった。森岡ガラス店の親父といっしょの日もあったが、森岡も最後にはやはり持金を失っていた。

工藤は自分の店のすこし手前で足をとめ、〈ヒロセ〉の看板を見あげた。出入口の戸の上に、白いすりガラスに紺色でヒロセと書いてあり、あかりがともったその看板はなにやら清潔だった。藤井愛子がきて夕食をとっている頃だな、と工藤はもういちど看板を見あげ、それから意を決め、入口に向った。

お帰りなさい、と声をかけてくれたのは藤井愛子だった。前日も同じだった。客は一人もおらず、千枝はだまって箸を動かしていた。カウンターの中に千枝がおり、藤井愛子は外側にいた。

「お食事になさいますか?」

藤井愛子がたちあがりながらきいた。

「いや、いいです」

工藤は答え、二階にあがった。また豚肉だな、と工藤は階段をのぼりながら心のなかで舌うちした。豚のバラ肉を大蒜《にんにく》と生姜をすりおろした醬油に漬け、それをフライパンで焼いたもので、千枝は週のうち三度はこれをこしらえていた。

空腹だったが、とてもあの肉は食えないな、と工藤は階下におりて行く気がしなかった。いつどこで身につけたのか、千枝は中国料理を上手につくった。夕食には必ず中国風の肉料理だった。大蒜を上手につかっていた。はじめの頃は工藤もそれをおいしいと思ったが、毎日ではあきがきた。豚のバラ肉を大蒜と生姜をすりおろした醬油に漬け、それをフライパンで焼きあげて皿に盛ると、ぎらぎら脂が浮いていかにもおいしそうだった。工藤ははじめの頃はあきもせずによくこれを食べた。事実これはおいしかった。しかしいまは、一椀の味噌汁に一皿の焼魚、それに香のものが欲しかった。

工藤は莨を一本喫んでから千枝の三面鏡の抽出《ひきだし》をあけ、財布をとりだした。そして千円札を二枚ぬきだしてズボンのポケットにいれ、タオルと石鹼を持って階下におりて行った。

だまって家をでた。タオルと石鹼を持っている以上、銭湯に行くのはわかっていた。空腹だったが、さきに銭湯に行った。千枝からいつも、あなたは長湯よ、と文句がでたが、東北出身の者はみんな長湯だった。いそぎの用がないかぎり工藤は銭湯に一時間はいた。湯槽に何度も出たり入ったりした。東北出身者だけが長湯をするわけではなかった。工藤と同じく一時間銭湯にいる男が他にもたくさんいた。

銭湯から出てきた工藤は、そこから歩いて数分とはかからない小料理屋に行った。焼魚に味噌汁をだしてくれる店で、一膳飯屋といってもよかった。酒をもらって一本あけた頃、田園調布駅でのことが蘇《よみがえ》ってきた。里子にじつによく似ていたな、しかし里子はあんなにはなやかな女ではなかった、似た女もいるものだ……。工藤には、ホームに立っていた女の全体像が記憶に残っているだけで、その女がどんな着物をきていたかがさだかではなかった。着物のいろがどこかに記憶にあったが、それがはっきり思いだせなかった。里子によく似ていたことだけはたしかだった。

酒を二本のみ、焼魚とめしと味噌汁をもらった。香のものは白菜に茄子だった。

食事を終え、ああ、これでめしをたべた、といった充足感があった。二千円だして九百円釣銭があった。やすい店だった。

店に戻ったら客が四人きており、ウイスキーの水割をのんでいた。工藤は二階にあがり、莨をつけた。

「また外で食事をしてきたのね」

いつのまにあがってきたのか、千枝が前に立っていた。工藤はだまって新聞に視線をおとしていた。

「塩焼にと思って鰯を三本買ってあったのよ」

と千枝が言った。

しかし面倒な女だ、と工藤は考えながら新聞から目をはなさなかった。

「今日もあのガラス屋さんといっしょ？」

千枝がすわりながらきいた。

「いや、ひとりだ」

工藤は新聞から目をはなさずに答えた。

「ねえ。あなた、賭《か》けごとをやめられないの？」

「好きでやっているわけではないよ」

工藤は面倒くさそうに答えた。

「それならやめてちょうだいよ。金のことでとやかく言いたくないけど、もう六万円ほど持ちだされているのよ。新宿からここに越してきただけでずいぶん金が減っているのよ」

「わかったよ」

工藤はやはり面倒くさそうに答えた。ああ、いやな女だ、と思うときがあった。たしかに賭けごとに金を持ちだしたのはよくなかったが、千枝の言いかたがいやだった。千枝の肉には節度がなかった。それと同じものが千枝の言葉にもあった。

東横線のガードをくぐったとなりの柿の木坂に、ガラス屋の森岡がよく行く一杯飲屋があった。今夜ガラス屋はあそこに行っているだろうか……。工藤は人のいい森岡の顔をおもいうかべた。

千枝はおりて行った。

工藤は莨をポケットにいれると、千枝の財布から千円札を二枚ぬきとり、階下におりた。そして店を出て五十メートルほど歩いたとき、千枝が追いかけてきた。

「ねえ、どこへ行くの？」

「散歩だよ」

工藤は歩きだした。

「早く帰ってきてよ」

ああ、いやな女だ、と思う。賭けごとをはじめてからというもの、工藤は千枝に自分を映してみて、救いようのない男の姿を発見していた。それは、里子のところに戻りたいとか、以前のようにきちんとした会社員になりたいとか、そんなことではなかった。そんなまっとうな世界は千枝といっしょになったときどこかに捨ててきていた。賭けごとで金を失うときの崩壊感覚が、かつて千枝のもとに逃げたときの感覚に似ていた。

つまり工藤は賭けごとをはじめてから、自分が、非建設的なもの、毀れて行くもの、そんな世界にとっぷりつかっているのを見出したのである。

ガードをくぐって右に折れた。その一杯飲屋は〈柿の木坂〉という名で、ボーリング場の横をはいったところにあった。五十がらみの夫婦者がやっている店だった。

「森岡さん見えていませんか」

「あら、いらっしゃい。森岡さん、そこのパチンコ屋に行ったからすぐ戻ってくるわよ」

おかみが答えた。

「酒をください」

工藤はカウンターの前に掛けた。森岡のライターがカウンターの上においてあった。森岡は飲んでいた途中でパチンコ屋に出かけたものらしかった。

工藤が二本目の銚子をもらったとき森岡が戻ってきた。

「いよう、現れたか。あんたのところに行こうかと思ったが、おかみさんがうるさいだろう、あんたのところは」

森岡は工藤のそばに掛けると紙袋からフィルターつきの莨を二箱とりだし工藤の前においた。

「パチンコでとったやつだ」

「いいんですか、戴いておいて」

「だいぶとったからな。酒をつけてくれ」

それから森岡は、今日の成績はどうだった、ときいた。

「いつものようにすってきましたよ」

「たくさんかい」

「それもいつもの額ですよ」

まさか金を失ってしまうときの崩壊感覚を森岡に話すわけにはいかなかった。いつも自分の妻に文句を言われているこの男と会って話していると、暫時《しばし》のなぐさめがあった。それはとるにたらない世間話だった。物価があがった話や、商社が買いしめをした話をしては、森岡は、まったくひでえ奴等だ、とひとりで怒っていた。

森岡とは一時間ほども話したろうか、工藤は森岡といっしょに一杯飲屋から出て、ボーリング場の前で別れた。

店に戻ったら、千枝がフライパンで肉と野菜を炒めており、藤井愛子が氷を割っていた。客が五人入っていた。

工藤がカウンターのなかに入ったら、水割です、と藤井愛子が言った。グラスが二つ並べてあった。五人のうち二人がいま入ってきた客らしかった。

工藤がウイスキーの水割をこしらえ、藤井愛子がそれをテーブルに運んだ。肉と野菜炒めは先客の注文らしかった。千枝は機嫌のわるい顔をしていた。いやな女だ、と思いながらも、千枝の生活にたいする適応反応に工藤はいつも感心していた。欲求と同化と調節が実にうまく保たれていた。生活体の再生産をこれだけうまく進行させている女も珍しいかもしれない、と工藤はみていた。あるいは客がふえてくるのは千枝の豊満な軀のせいかも知れなかったが、とにかく水商売に適していた。

この日の夜、店を閉めて売りあげを計算していた千枝が、岡山に行ってこようかしら、と言った。

「行ってきなさい」

と工藤はすすめた。

「一日か二日いて戻ってくるけど、その間、あなた、愛子ちゃんとだけで店をやっていけるかしら」

「ながくじゃ困るが、二日くらいならやれるだろう」

「今度の土曜日に出かけて月曜日の午後に帰ってきたら、店をあなたがやるのは土曜日だけですむわね」

千枝は壁のカレンダーを見あげた。

「それだったら僕が土曜日だけやればいいわけだ。なんとかやれるだろう」

と工藤もカレンダーを見て答えた。

「やっぱりいっしょに岡山にいらっしゃる気持はないの？」

千枝は売上伝票をノートにはさみながらきいた。

「それは勘弁してくれ」

べったりしている千枝といっしょに行き、そこでまた肉親の生臭さを見るのは、なんともいやなことだった。仙台に行くと最初に感じるのは母の生臭さだった。子にたいする溺愛は子の立場からみても生臭くいやらしかった。

「じゃあ、そういうことにするわ」

岡山に行けるということで千枝は機嫌がよくなっていた。

そして、あくる木曜日の昼すぎ、東京駅に行って乗車券を求め銀座で生家への土産物などをととのえてきた。あくる金曜日は午前中に渋谷に出て、やはり土産物を買ってきた。

金曜日の夜、店を閉めてから、千枝はボストンバッグに土産物を詰めながら、いっしょに行けるといいんだけど、と言った。工藤はだまって千枝の手もとを眺めていた。

「いつかはいっしょにいらしてよ」

「ああ、いつかはね。岡山には何年行っていないの」

「三年行っていないわ」

千枝はたのしそうに土産物を詰めていた。

そしてあくる土曜日の昼前に、千枝は岡山に発った。

工藤は千枝を送りだしてからコーヒーを淹れた。今日は土曜日だから藤井愛子は一時前後には来るはずだった。仕入れは前日のうちに千枝がすませていた。コーヒーを喫みながら、ふだんいっしょにいる者がいなくなってみると、残された者は所在ないものだ、と感じた。

藤井愛子は一時十分前にきた。

「食事の支度をしていないんです」

工藤はすまなそうに言った。

「自分でやりますから」

藤井愛子は二階の三畳で着がえてくると、二人分の食事の支度にとりかかった。

「鰻でもとりませんか」

「でも、魚を買ってあるのですよ」

「それは晩でもいいでしょう。鰻にしましょう」

「あとで奥さんに叱られないかしら」

「あれは奥さんではありません」

工藤は怒ったように言うと、鰻屋に電話をかけた。

「じゃあ、味噌汁をこしらえますわ」

「そうしてください」

工藤は、自分がいま千枝にたいして腹だたしい感情になっているのを知った。何故そんな感情になったのか、自分が解らなかった。

二人は鰻の昼食をすませると、四時の開店のための準備にとりかかった。スパゲッティ、マカロニなどは、今夜出る分量だけをあらかじめ茹でておく。氷屋が氷を届けにくるのは三時すぎだった。

この土曜日は十一時すぎから客が混んできた。混む時間帯があり、それが日によって違った。テーブルとカウンターを合わせると十五人は入り、十一時に十三人入っていた。

「いいです。車で帰りますから」

十二時ちかくなったとき工藤が藤井愛子に時間を知らせたら、愛子は客のテーブルをざっと見渡し、これでは帰れないと思ったのか、おそくなってもいいと言った。皿洗いだけでも大変だった。

十二時すぎに五人の客が出て行き、十分ほどして三人の客が新しく入ってきた。

「おそくなるとお家に連絡しなさいよ」

と工藤は愛子に言った。

「今日は母が旅行でいないんです」

愛子が答えた。

「ほかに誰方《どなた》かいるでしょう」

「母しかいないんです。母は保険会社に勤めていますが、今日は会社の旅行で日光に行っているんです」

母と娘だけの家庭だとは知らなかった。千枝は知っていたのだろうか……目だたない娘だと思っていたが、そんな家庭の環境が影響しているからだろうか。

結局店を閉めたのは三時すぎだった。

「よかったら、三畳で泊って行きなさい」

と工藤は愛子に言った。

「かまわないんですか」

「僕はかまいません。よぶんの蒲団がないから千枝の蒲団で我慢してください。シーツは別のがありますから」

このときまでは工藤は愛子にたいして特別な感情は抱いていなかった。泊っていけとすすめたのは、暁方《あけがた》の三時にタクシーで帰宅し、それから睡る準備をするより、ここで疲れをやすめた方がよいだろう、と考えたからであった。

二人が店をかたづけて床についたのは四時だった。六畳と三畳のあいだは二枚の襖で仕切られており、工藤は襖ごしに衣擦《きぬず》れの音をきいたとき、はじめて女を意識した。

「すこし話しませんか」

と工藤は襖ごしに声をかけた。

「かまわないんですか」

と答がかえってきた。

「よかったらこっちにいらっしゃいよ」

工藤は寝酒にウイスキーを持ってきていた。

しばらくして愛子が入ってきた。愛子は服を着ていた。寝巻まで借りるのはわるいから、と言っていたから、いったん脱いだ服をまたつけたのにちがいなかった。

「なにか飲みませんか」

工藤は蒲団をすこし部屋の端の方に押しやりながら愛子に言った。

「ジン・トニックを戴きますわ」

愛子は階下におりて行き、ジン・トニックをこしらえてきた。

工藤は、襖ごしに衣擦れの音をきいて藤井愛子に女を意識したとはいえ、寝酒をのみながらもやはり愛子に特別な感情は抱いていなかった。

愛子は、たずねられるままに、父が小学校三年生のとき病死したこと、姉が神戸に嫁いでいること、母はながいこと保険の外交をやっていることなどを話した。工藤もすこし自分のことを話した。口数のすくない工藤にしては珍しいことだった。このところ千枝から文句ばかり言われ、その千枝がいなくなり、解放された気持がそうさせたのかもしれなかった。

「みていてマスターはなにか気の毒な気がします、こんなことを言っては失礼かもしれませんが」

と愛子が言った。

「そうですか。そう見えても仕方のないことです」

自嘲《じちょう》ではなかった。無気力な男が女の目にそう映るのは当然だろうと思った。

二人がめいめいの床についたのは暁方の五時にちかかった。工藤は、蒲団に入ったとき、千枝から解放され、肉の塊から解放されたような気がした。

工藤が目をさましたのは正午だった。莨をつけ、ああ、千枝は岡山に帰っていないんだな、となにか気ぬけがし、一方ではほっとした感情になった。

莨を一本喫みおわり、二本目をつけた。あの人はまだ睡っているのだろうか……。工藤は、前夜自分に同情してくれた愛子の寝姿を想像した。なぜ寝姿を想像したのか、襖一枚の向うに寝ているからなのか、それとも自分のなかになんらかの感情がおきたからなのか……。

「藤井さん」

と工藤はよんでみた。返事はなかった。もう一本莨をつけた。さっきから、いつも目をさましたときに起る鬱勃《うつぼつ》とした生理現象を、莨を喫むことで鎮めようとしたが、それが妙なぐあいに捩《ねじ》れて行くのがわかった。工藤は三本目の莨を喫みおえると蒲団からぬけでて襖の前に行き、藤井さん、ともういちどよんでみた。しばらく待ったが返事はなかった。襖をそっとあけてみた。カーテンを閉めてある部屋はほんのすこしあかるかった。こちらからみて愛子は三畳の出入口に頭を向けて寝ており、蒲団から裸の右肩がすこしはみ出ていた。すこしたるんでいるシユミーズの紐がみえた。寝巻を借りるのはわるいと言っていたから、シュミーズを寝巻のかわりにしたのか……。肩のまるみがやわらかく白かった。工藤はいますこし襖をあけ、三畳の部屋に入った。

工藤には、いつもみなれている愛子の顔と、いま目の前で睡っている顔が違うように思えた。感じがちがっていた。

「藤井さん……」

しかし愛子は目をさまさなかった。

工藤は、蒲団からはみ出ている愛子の肩にそっと手をふれてみた。すべすべしておりあたたかかった。千枝の肉とも里子の肉ともちがっているように感じられた。といっても工藤は里子の軀をよく憶えていなかった。肉に関するかぎりすべて千枝から教わったので、千枝を識《し》る以前のことは霧の中での思いでのようなものだった。だが、気の弱い俺が、こうして女の部屋にしのびこみ、女の裸を撫でているのは……。工藤のなかを一瞬の反省が通りぬけていった。

「あら、マスターですか」

愛子が目をひらいた。工藤には愛子が微笑しているように思えた。

「よんでも返事がなかったので、つい入ってしまったのです」

工藤は言いながら愛子の肩から手をはなさなかった。いまさらどうやって手を除《ど》けてよいのかわからなかった。

「よく睡っていたのでしょう」

愛子はやはり微笑していた。うすあかりのなかでこの微笑が工藤には神秘的に思えた。この娘は、俺がこうして肩に手をおいているのに微笑している、何故だろう……。

「こちらがだまっていても、気がつく……なんといえばよいでしょうか、そんなやさしさが、あなたにはあります」

工藤はぎごちない調子で言った。

「ありがとう」

愛子は蒲団から両手をだすと肩においてある工藤の手を包みこんで自分の胸に持っていった。

工藤は後になってこのときのことを思いだし、あんな自然な成りゆきはなかった、あれはまるで決められていたかのような仲ではなかったか、と反芻《はんすう》したことが何度かあった。

二人ともぎごちなかった。どちらかというと愛子の方がぎごちなかった。工藤はこのとき、二人のあいだにやさしさが通いあっているのをみた。これははじめての経験だった。千枝の場合には千枝の肉に溺れていったし、里子とはどういうことになっていたのか、はじめての夜がいまだにはっきり思いだせなかった。

二人はまるでつがいの小鳥がいたわりあうように契りを交した。

「こうなったのですから、あたし、ママとは争ってもいいと思います」

と愛子は言った。

「僕といっしょになるということですか」

工藤はきいた。

「はい。いっしょになってください。新宿に店を開いたときから、あなたが好きでした」

ふだん目だたなかった娘が、男を識って心を決めた、といったつよさが感じられた。

「そうですね、あなたといっしょになった方がよいかも知れません。……だが、千枝とどうやって手を切るか。すこし考えさせてください」

工藤は、愛子とこうなったことに後悔はなかったが、ただ、自分がますます迷路に入りこんでしまったような気がした。

やがて二人は起きて部屋をかたづけ、階下におりて食事の支度をした。工藤はコーヒーを淹れ、愛子は塩鮭を焼き味噌汁をこしらえた。

「今日はここにいなさいよ。明日はここから会社に出ればよいでしょう」

工藤はコーヒーをのみながら言った。

「それでもかまいませんが、いちど家に行かないと。夕方、母が帰ってくるものですから」

愛子は、食事をすませたら池ノ上に帰り、母の夕食の支度をしておいてから戻ってくる、と言った。

工藤は久しぶりであたたかい家庭の雰囲気にふれた気がした。愛子には、どこかひっそりと生きているような個所があり、それがあたたかい感じがした。

愛子は、七時までには戻ってきます、と言いおいて二時すぎに帰って行った。

工藤は店でテレビをつけてみたが、なんとなく落ちつかなかった。千枝と手を切るには、だまってここから出て行くよりほかないだろう、だが金をどうするか……。田村製作所には満十一年勤め、退職金は三百万円だった。それをそっくり千枝にわたしたのであった。商売をはじめるのにだいぶ金が出ていっていたが、それでも銀行に百五十万ほどが入っていた。同棲しだした頃、千枝にも三百万以上の預金があった。百万円だけもらって出てもいいだろう……。テレビを消し、二階にあがった。店でつかっている品物は千枝といっしょになったときに新しく買いいれたが、この部屋にある家具はすべて千枝のものだった。千枝と別れると心にきめてみると、それらの家具がなんとはなしに疎《うと》ましくなってきた。だが……愛子といっしょになってどうやって生活して行くのか……どこかに勤めればよいだろうが、いや、それは簡単だが、これだけ怠惰になった精神と軀で、はたして再び勤めが出来るだろうか……。

愛子は約束より一時間はやく戻ってきた。

「今夜は、外で食べましょうか」

工藤が言った。

「かまわないんですか」

「魚を食べに行きましょう」

工藤はたのしい気分になっていた。千枝と暮してきてこんな気分になったことがなかった。

やがて二人は店を戸締りして外に出た。秋の暮方にこんな甘い感情になったこともはじめてだった。工藤はその甘い感情にひたりながら、この人とならうまくやって行けるかもしれない、と漠然とした希望を抱いた。

藤井愛子はあくる日会社に出勤しなかった。工藤と二晩目をすごし、なんとなく男から離れがたい気分になっていたし、千枝が帰ってくるまでに、自分がここに泊った跡を消しておかねばならない、と考えたからであった。二人が起きたのは十時すぎだった。帰ってくるのは夕方だと思うが、しかし二時か三時に帰ってくることも考えられる、と工藤は言った。

「シーツをクリーニング屋に出したいのですが」

「愛子さんが使ったシーツを僕の蒲団の方に入れ、僕が使っていたのをだしましょう。僕のはもうかなり汚れているし、新しいのと替えたといって通るわけです」

工藤は愛子以上にこまかい点に気がついた。愛子が食事の支度をしているあいだ、工藤はクリーニング屋の通帳とシーツを持って家を出ると、歩いて五分とかからないクリーニング屋に行ってきた。

「食事をすませたら、すぐ家に帰ります。そして夕方いつものように出てきます」

食事のとき愛子が言った。

「千枝とうまく切れるまで、待ってくれますか?」

「はい。いよいよとなったら、あたし、あの人と争います」

「なんとかうまく切れるようにします」

工藤はこんなことを言いながらも自分が迷路に入りこんで行くのをみた。

愛子はあとかたづけをすませ、一時すこし前に出て行った。千枝が帰ってきたのは、愛子が出て行ってものの三十分とたっていない頃だった。

「心配で心配で、朝飯をすませてすぐ出てきたのよ。なにか変ったことはなかった？」

千枝は店内を見まわし、それから岡山から持ってきた土産物をひろげた。そして、親きょうだいが喜んでくれた話をした。

「あなたのことも話したの。いっしょに店をやっているといったら、みんな喜んでくれたわ。ちかいうちに母が上京してくるかもしれないわ」

千枝はつぎからつぎへと岡山の話をした。

「ちかいうちって、いつごろだね？」

愛子とできてしまった以上、千枝の家族に会う気持はまったくなかった。

「近いうちといっても、年をこしてからよ。それより、正月に二人で岡山にこないかって。みんな喜んでくれているんだし、正月に行ってみない」

「いや、遠慮するよ。僕達は野合じゃないか。そんな気持になれないよ」

「なんだか突慳貪《つっけんどん》な言いかたね。あたしの留守中になにかあったの？」

「なにもありゃしないよ」

工藤は、千枝が自分の生家から生臭い肉親のにおいを運んできて撒《ま》き散らしているのに辟易《へきえき》していた。

立原正秋（たちはら まさあき）
1926年（大正15年）1月6日—1980年（昭和55年）8月12日、享年54。朝鮮慶尚北道（現在の韓国慶尚北道）安東郡出身。1966年『白い罌粟』で第55回直木賞を受賞。代表作に『冬の旅』など。

（お断り）
本書は1980年に新潮社より発刊された文庫を底本としております。
あきらかに間違いと思われるものについては訂正いたしましたが、
基本的には底本にしたがっております。
また、底本にある人種・身分・職業・身体等に関する表現で、
現在からみれば、不当、不適切と思われる箇所がありますが、著者に差別的意図のないこと、
時代背景と作品価値とを鑑み、著者が故人でもあるため、原文のままにしております。

P+D BOOKS

ピー プラス ディー ブックス

P+Dとはペーパーバックとデジタルの略称です。
後世に受け継がれるべき名作でありながら、現在入手困難となっている作品を、
B6判ペーパーバック書籍と電子書籍で、同時かつ同価格にて発売・配信する、
小学館のまったく新しいスタイルのブックレーベルです。

残りの雪（上）

2015年11月15日　初版第1刷発行
2025年7月9日　第5刷発行

著者　立原正秋

発行人　石川和男
発行所　株式会社　小学館
〒101-8001
東京都千代田区一ツ橋2-3-1
電話　編集　03-3230-9355
販売　03-5281-3555
印刷所　株式会社DNP出版プロダクツ
製本所　株式会社DNP出版プロダクツ
装丁　おおうちおさむ（ナノナノグラフィックス）

ISBN978-4-09-352241-0

P+D BOOKS